映画《えいが》 妖怪《ようかい》ウォッチ シャドウサイド 鬼王《おにおう》の復活《ふっかつ》

これは妖怪《ようかい》ウォッチが
葬《ほうむ》り去《さ》られた
30年《ねん》後《ご》の物語《ものがたり》――

数《すう》千《せん》年《ねん》に一《いち》度《ど》、地《ち》球《きゅう》を襲《おそ》う
最《さい》悪《あく》の妖《よう》怪《かい》ウィルス『鬼《おに》まろ』。

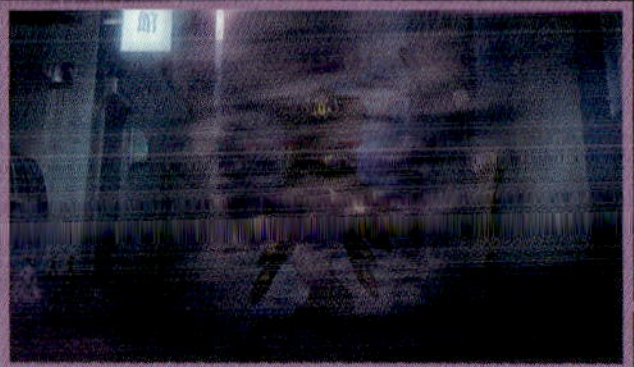

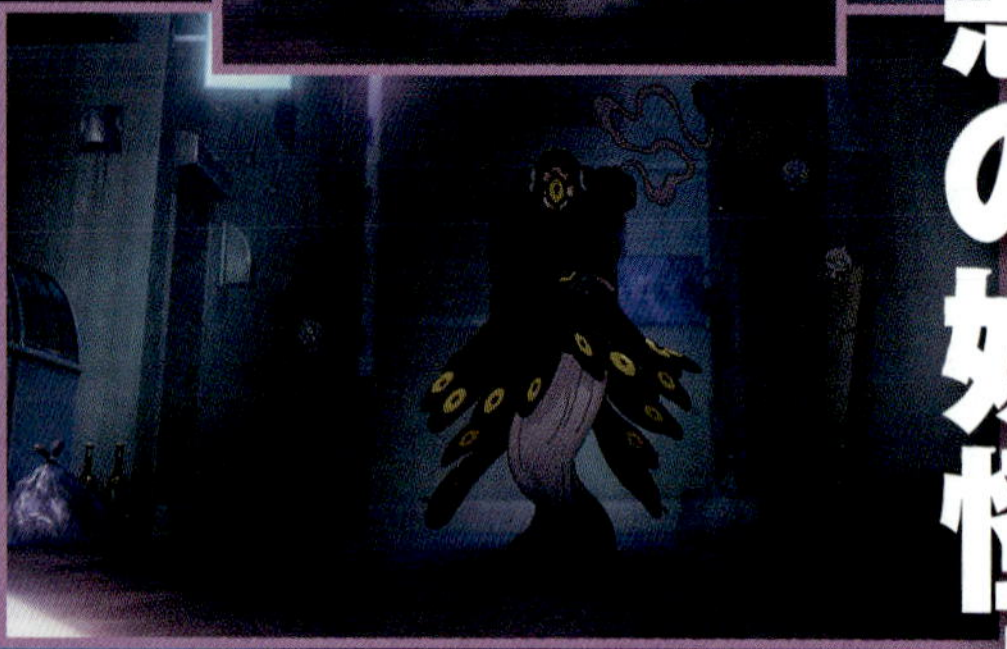

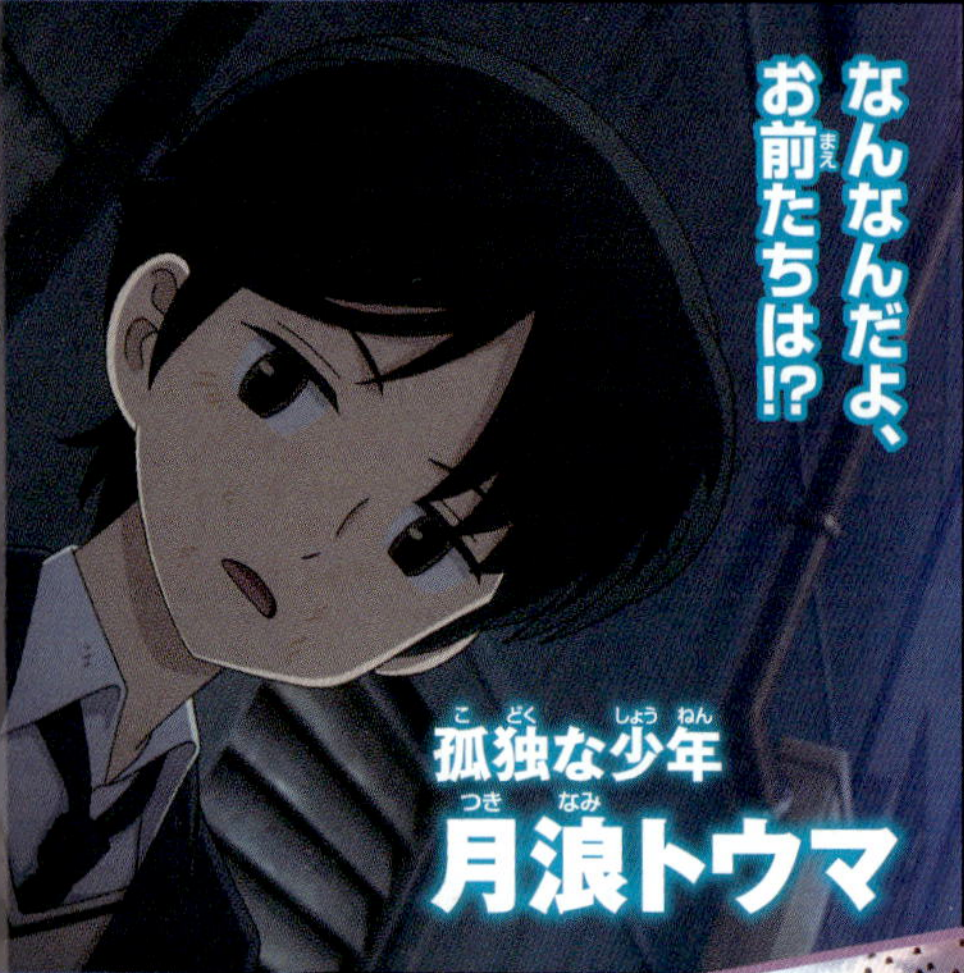

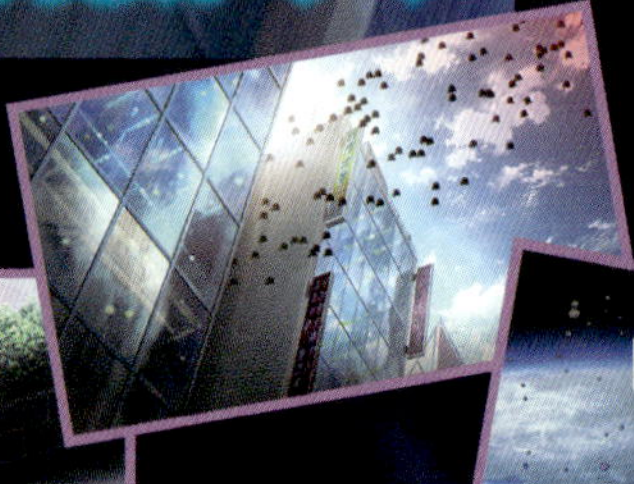

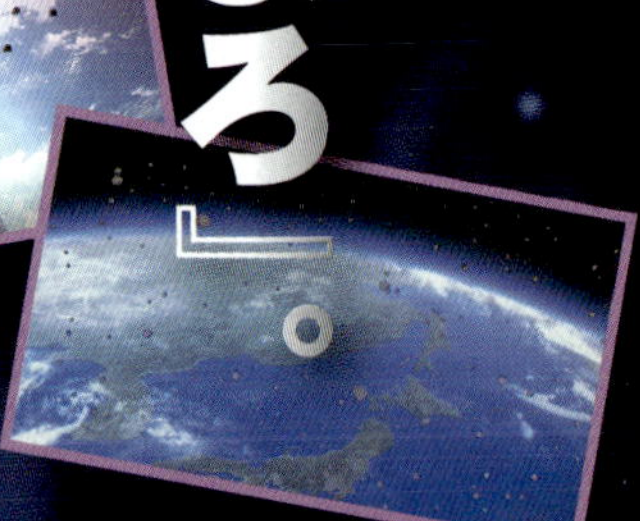

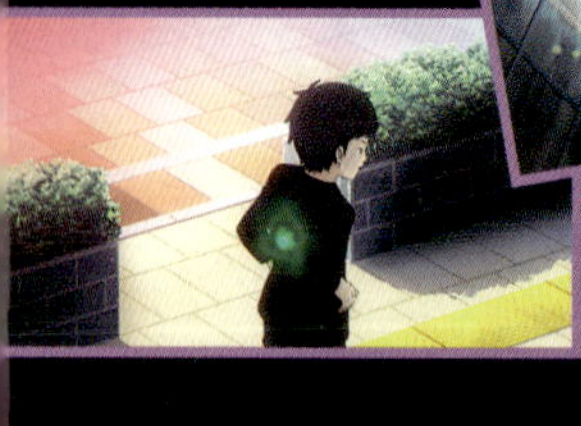

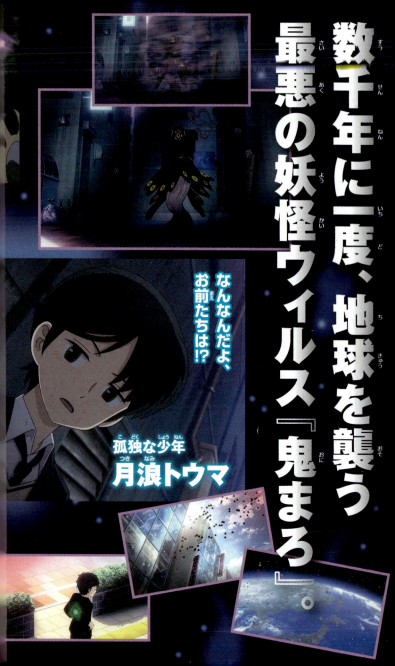

人間《にんげん》と妖怪《ようかい》の
滅亡《めつぼう》の危機《きき》だ！
エンマ大王《だいおう》
ぬらりひょん
お、お母《かあ》さん…!?
ケータの娘《むすめ》
天野《あまの》ナツメ
奴《やつ》らは人間《にんげん》の悪意《あくい》に感染《かんせん》して、
その数《かず》を増《ふ》やしていく…
大変《たいへん》なことが
起《お》きている！
おばば
妖気《ようき》を操《あやつ》る少年《しょうねん》
有星《ありほし》アキノリ

この危機《きき》を救《すく》えるのは、新《あら》たな『妖怪《ようかい》ウォッチ』に選《えら》ばれしものなのでうぃっす！

天野《あまの》ナツメには――

妖怪《ようかい》ウォッチ エルダ

“アーク”と呼《よ》ばれる
カギ型《がた》の石版《せきばん》で妖怪《ようかい》を
召喚《しょうかん》することができる

月浪《つきなみ》トウマには――

妖怪《ようかい》ウォッチ オーガ

“幻魔《げんま》”と呼《よ》ばれる上位妖怪《じょういようかい》を呼《よ》び起《お》こし、
自《みずか》らに憑依《ひょうい》させることができる

そして復活《ふっかつ》する——
鬼王《おにおう》・羅仙《らせん》
さぁ、世界《せかい》創造《そうぞう》の始《はじ》まりだ。
VS《ブイエス》
みんな覚悟《かくご》して。後戻《あともど》りはできない！

キュウビ
召喚《しょうかん》！私《わたし》のともだち！
出《で》てこいジバニャン！
シャドウサイドを手《て》に入《い》れ、
任《まか》せろ！
うおーー!!
ジバニャン
戦《たたか》いが今《いま》、始《はじ》まる！
我々《われわれ》も行《い》くぞ。
カイラ！
ぬらり！
蛇王《じゃおう》カイラ

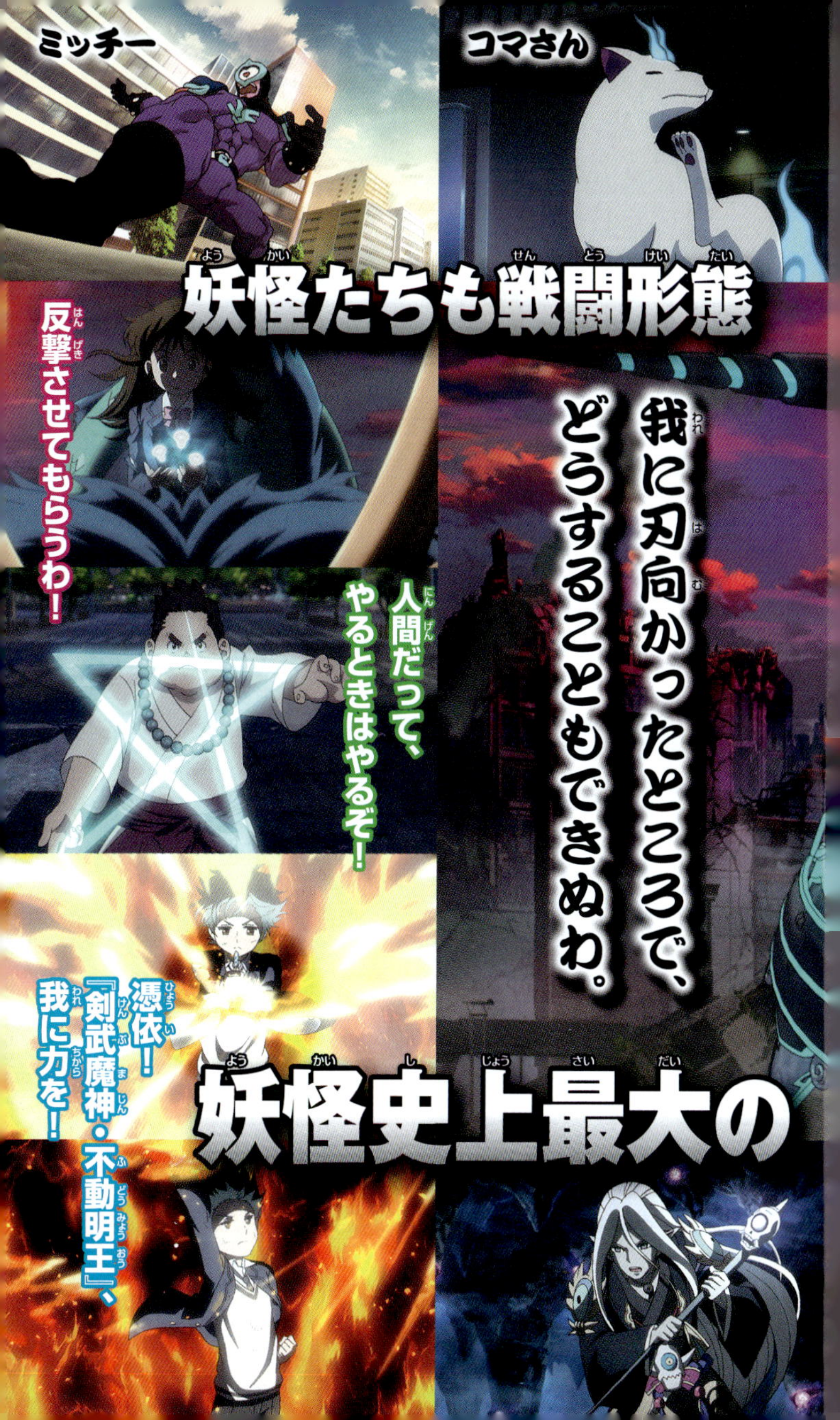
ミッチー
コマさん
妖《よう》怪《かい》たちも戦《せん》闘《とう》形《けい》態《たい》
反《はん》撃《げき》させてもらうわ！
我《われ》に刃《は》向《む》かったところで、
どうすることもできぬわ。
人《にん》間《げん》だって、
やるときはやるぞ！
憑《ひょう》依《い》！
『剣《けん》武《ぶ》魔《ま》神《じん》・不《ふ》動《どう》明《みょう》王《おう》』、
我《われ》に力《ちから》を！
妖《よう》怪《かい》史《し》上《じょう》最《さい》大《だい》の

あ、あなた様《さま》は!?

映画　妖怪ウォッチ

シャドウサイド　鬼王の復活

松井香奈／著
日野晃博／製作総指揮／原案・脚本

★小学館ジュニア文庫★

かつて妖怪《ようかい》を操《あやつ》る腕輪《うでわ》を持《も》った少年《しょうねん》がいた――。

彼《かれ》は妖怪《ようかい》たちを仲間《なかま》にして、数多《かずおお》くの偉業《いぎょう》を成《な》し遂《と》げた。しかし、少年《しょうねん》が成長《せいちょう》し、立派《りっぱ》な大人《おとな》になったとき、彼《かれ》には妖怪《ようかい》の姿《すがた》が見《み》えなくなってしまった。そして、妖怪《ようかい》を操《あやつ》る腕《うで》輪《わ》も、人間界《にんげんかい》と妖魔界《ようまかい》のバランスを崩《くず》す危険《きけん》な存在《そんざい》として、時空《じくう》のかなたに葬《ほうむ》り去《さ》られた。

もはや、『妖怪《ようかい》を操《あやつ》る腕輪《うでわ》』の物語《ものがたり》は伝説《でんせつ》となってしまった……。

それから、ながーい年月《ねんげつ》が経《た》った、あるときのこと……。

第《だい》1章《しょう》　鬼《おに》まろが来《く》る！

1　それぞれの朝《あさ》　月浪《つきなみ》トウマと天野《あまの》ナツメ

——30年後《ねんご》、東京《とうきょう》・さくら元町《もとまち》。

その朝《あさ》、月浪《つきなみ》トウマは、スマフォの振動《しんどう》で目《め》を覚《さ》ました。高級《こうきゅう》マンションの広《ひろ》い部屋《へや》で、ひとり、半開《はんびら》きの目《め》でメッセージを確認《かくにん》する。

『トウマ、まだ寝《ね》てるかな。昨日《きのう》は仕事《しごと》で泊《と》まりだったの。帰《かえ》れなくてごめんね。今日《きょう》は遅《おそ》くなりそうだから、ピザでもとって食《た》べてね』

「『今日《きょう》は』って……『今日《きょう》も』だろ」

トウマは軽《かる》くため息《いき》をつくと、気《け》だるそうに起《お》き上《あ》がった。

いつもと同《おな》じ朝《あさ》、いつもと同《おな》じように独《ひと》りぼっちで機械的《きかいてき》に身支度《みじたく》をしていく。高級家《こうきゅうか》具《ぐ》が並《なら》ぶ広《ひろ》いリビングのテレビをつけ、洗面所《せんめんじょ》で顔《かお》を洗《あら》い、歯《は》を磨《みが》いて髪《かみ》を整《ととの》える。鏡《かがみ》に映《うつ》るトウマの顔《かお》は、まだ幼《おさな》さの残《のこ》る少年《しょうねん》の顔《かお》だ。サラサラの黒髪《くろかみ》に、薄茶色《うすちゃいろ》の知的《ちてき》な瞳《ひとみ》、細身《ほそみ》の体《からだ》のトウマは、この町《まち》のさくら第《だい》２中学校《ちゅうがっこう》に通《かよ》う２年生《ねんせい》だ。

冷《つめ》たい床《ゆか》のリビングに戻《もど》ると、テレビで地球《ちきゅう》に接近中《せっきんちゅう》の彗星《すいせい》に関《かん》するニュースをやっていた。大《おお》きな画面《がめん》に解説図《かいせつず》が映《うつ》し出《だ》される。

「――今話題《いまわだい》の彗星《すいせい》『Ｙ《ワイ》』の接近《せっきん》が、いよいよ今夜《こんや》となりました。この彗星《すいせい》は、数千年《すうせんねん》ぶりに地球《ちきゅう》に近《ちか》づくということですが、本来《ほんらい》の予定《よてい》から、大幅《おおはば》に接近《せっきん》スピードが速《はや》まっており、このミステリーは、世界中《せかいじゅう》の天文学者《てんもんがくしゃ》の注目《ちゅうもく》を集《あつ》めています――」

トウマは興味《きょうみ》なさそうにテレビを消《け》すと、ソファに脱《ぬ》ぎっぱなしにしていた制服《せいふく》のブレザーに袖《そで》を通《とお》しながら、リビングを後《あと》にした。

そのとき、リビングでかすかな物音《ものおと》がした。３つの小《ちい》さな妖《あや》しい影《かげ》が部屋《へや》を横切《よこぎ》る――。

「ししし……」

影《かげ》は、孤独《こどく》な少年《しょうねん》の背中《せなか》を追《お》いながら、何《なに》かを企《たくら》むようにほくそ笑《え》んだ。

そのころ、天野《あまの》ナツメは、さくら元町《もとまち》の坂道《さかみち》を全速力《ぜんそくりょく》で駆《か》け下《お》りていた。

「やば——っ!! バスの時間《じかん》ギリギリだー!」

ナツメは、トウマと同《おな》じさくら第《だい》2中学校《ちゅうがっこう》に通《かよ》う2年生《ねんせい》。いつものバス停《てい》に向《む》かって、おさげを揺《ゆ》らしながら跳《は》ねるように朝《あさ》の坂道《さかみち》を下《くだ》っていくと、橋《はし》のところに何《なに》やら人《ひと》だかりができている。

「なに?」

駆《か》け寄《よ》ってみると、男《おとこ》の子《こ》が川《かわ》で溺《おぼ》れているのが見《み》える。

「!!!」

危《あぶ》ない!

そう思《おも》った瞬間《しゅんかん》、ナツメは土手《どて》を一気《いっき》に駆《か》け下《お》り、着《き》ていたコートを脱《ぬ》ぎ捨《す》てて川《かわ》へ飛《と》び込《こ》んでいた。

「おい、君《きみ》！　やめろ、危険《きけん》だ！」

橋《はし》の上《うえ》で見《み》ていたおじさんの叫《さけ》び声《ごえ》が遠《とお》くに響《ひび》いた。しかし、その直後《ちょくご》、おじさんはカリカリと奇妙《きみょう》な音《おと》を立《た》てて首《くび》を傾《かし》げると、ゾッとするような声《こえ》で呟《つぶや》いた。

「お前《まえ》も死《し》ぬよ……」

おじさんの背後《はいご》には、トウマの家《いえ》にいたのと同《おな》じ、小《ちい》さな妖《あや》しい影《かげ》がピョンピョンと跳《は》ね回《まわ》っていた。

ナツメは、流《なが》れの速《はや》い水中《すいちゅう》を全力《ぜんりょく》で泳《およ》ぎ、ついに男《おとこ》の子《こ》の体《からだ》を抱《だ》きかかえた。

「もう大丈夫《だいじょうぶ》！」

そう力強《ちからづよ》く声《こえ》をかけると、男《おとこ》の子《こ》を抱《かか》えて泳《およ》ぎ、川岸《かわぎし》までたどり着《つ》いた。

野次馬《やじうま》たちは歓声《かんせい》を上《あ》げ、ナツメに拍手《はくしゅ》を送《おく》る。男《おとこ》の子《こ》の母親《ははおや》が野次馬《やじうま》をかき分《わ》けてやって来《き》て、ずぶ濡《ぬ》れの小《ちい》さな体《からだ》をぎゅっと抱《だ》きしめた。

ナツメはそんな親子《おやこ》の姿《すがた》にほっとしてほほ笑《え》むと、コートを手《て》に歩《ある》きだした。

しかし、そのあとすぐ、男《おとこ》の子《こ》の母親《ははおや》は、さっきのおじさんと同《おな》じくカリカリと奇妙《きみょう》な音《おと》を立《た》てて首《くび》を傾《かし》げると、不気味《ぶきみ》な笑《え》みを浮《う》かべた。

「智《とも》くん、ダメじゃない。助《たす》かっちゃうなんて……」

その瞳《ひとみ》にも、例《れい》の妖《あや》しい影《かげ》がくっきりと映《うつ》りこんでいた。

バスを逃《のが》したナツメは、制服《せいふく》から水《みず》を滴《したた》らせながら学校《がっこう》までの道《みち》のりを歩《ある》いた。ナツメも昔《むかし》、あの川《かわ》で溺《おぼ》れて誰《だれ》かに助《たす》けてもらったことがあった。遠《とお》い記憶《きおく》の中《なか》、幼《おさな》いナツメを岸《きし》まで引《ひ》き上《あ》げてくれた細長《ほそなが》い手《て》には、緑色《みどりいろ》の美《うつく》しい鱗《うろこ》があった……。

(あれは、幻覚《げんかく》だったのかもしれないけれど……)

そんなことをぼんやりと考《かんが》えながら、ナツメは胸《むね》にさげた『お守《まも》り』に触《ふ》れる。

その時《とき》、道《みち》の反対側《はんたいがわ》を歩《ある》くナツメと同《おな》じ学校《がっこう》の制服《せいふく》を着《き》た少年《しょうねん》と、目《め》が合《あ》ったような気《き》がした。

「あれは……」

「……」

トウマは、ナツメから目《め》をそらすと行《い》ってしまった。

学校《がっこう》の近《ちか》くまで来《き》たとき、ふたりは、なぜか同時《どうじ》に空《そら》を見上《みあ》げた。はるか上空《じょうくう》に不気味《ぶきみ》な渦巻《うずま》き状《じょう》の月《つき》が見《み》える。

その月《つき》を見《み》て、トウマは学校《がっこう》に行《い》く気《き》がなくなり、校門《こうもん》の前《まえ》で踵《きびす》を返《かえ》した。

ナツメの方《ほう》は、言葉《ことば》にはできない妙《みょう》な胸騒《むなさわ》ぎを感《かん》じた。

2 妖魔《ようま》レーダー

その朝《あさ》、有星《ありほし》アキノリもまた、通学中《つうがくちゅう》に同《おな》じ月《つき》を見《み》て慌《あわ》てて家《いえ》に戻《もど》ってきていた。

有星家《ありほしけ》は、代々《だいだい》、妖気《ようき》を扱《あつか》う家系《かけい》で、さくら元町《もとまち》の神社《じんじゃ》の一角《いっかく》にある立派《りっぱ》な日本家屋《にほんかおく》が彼《かれ》らの住《す》まいだ。

アキノリの祖母《そぼ》の有星光江《ありほしみつえ》、通称《つうしょう》「おばば」は、空《そら》に渦巻《うずま》く不吉《ふきつ》な月《つき》を見《み》て、すぐに屋《や》敷《しき》の奥《おく》にある予言宝珠《よげんほうじゅ》の間《ま》に入《はい》った。妖術師《ようじゅつし》の装束《しょうぞく》に身《み》を包《つつ》み、宝珠《ほうじゅ》の前《まえ》に腰《こし》を下《お》ろす。

宝珠《ほうじゅ》とは、有星家《ありほしけ》に伝《つた》わる予言《よげん》を授《さず》ける水晶《すいしょう》のことである。

アキノリが白装束《しろしょうぞく》と紫色《むらさきいろ》の袴《はかま》に着替《きが》えながら駆《か》けこんでくる。

「おばば、あんな月《つき》、見《み》たことないよ！　あれって、かなり良《よ》くないやつだよね」

「いかにも。あれはかなり良《よ》くないやつじゃ」

おばばが宝珠《ほうじゅ》を覗《のぞ》きこむと、その予言《よげん》の玉《たま》は、赤《あか》く色《いろ》を変《か》えた。宝珠《ほうじゅ》に映《うつ》るおばばの顔《かお》が思《おも》わずゆがむ。

「これは⁉　なんということじゃ……」

「いったい、どういう予言《よげん》なの？」

おばばの表情《ひょうじょう》を見《み》て、アキノリにも不安《ふあん》が募《つの》る。

「鬼《おに》まろじゃ……鬼《おに》まろが近《ちか》づいておる！」

「えぇっ！　鬼《おに》まろが――っ！」と、驚《おどろ》いてみたものの、鬼《おに》まろってなんだっけ？　白《しろ》くてふわふわでうまいやつ？」

「噛《か》んだときにぷりっと出《で》てくるシロップがたまらんのよ、ってそりゃマシュマロじゃ！」

おばばは、杖《つえ》でアキノリの頭《あたま》をぽかっと叩《たた》く。

「いちいちおばばに突《つ》っこませるでない！」

「で、その鬼《おに》まろってのが来《く》るとどうなるの？」

「ずばり！　世界滅亡《せかいめつぼう》の危機《きき》じゃ！」

「ええ――っ！」

おばばは、アキノリを呪術部屋《じゅじゅつべや》に連《つ》れて行《い》き、棚《たな》に並《なら》ぶ古《ふる》い書物《しょもつ》を引《ひ》っ張《ぱ》り出《だ》した。そして、文机《ふづくえ》で書物《しょもつ》を開《ひら》き、語《かた》り始《はじ》めた。

「よいか、アキノリ。鬼《おに》まろはな、とてつもなく恐《おそ》ろしい存在《そんざい》じゃ。それを迎《むか》え撃《う》つことができるのは、この国《くに》に古来《こらい》より住《す》む『妖怪《ようかい》』の力《ちから》のみ」

「妖怪《ようかい》!?」

「その、妖怪《ようかい》の力《ちから》を使《つか》うには……」

「知《し》ってるよ！　妖怪《ようかい》ウォッチでしょ！」

アキノリは、ぐっと身《み》を乗《の》り出《だ》すと、文机《ふづくえ》の上《うえ》の古《ふる》い書物《しょもつ》に描《えが》かれた丸《まる》い腕輪《うでわ》のようなものを指差《ゆびさ》した。

「人間《にんげん》が妖怪《ようかい》を召喚《しょうかん》するために作《つく》った装置《そうち》だ」

「そうじゃ。しかし、妖怪《ようかい》ウォッチは、妖怪《ようかい》の世界《せかい》である『妖魔界《ようまかい》』の掟《おきて》によって廃棄《はいき》された。今《いま》では入手《にゅうしゅ》が困難《こんなん》じゃ」

「えー、そうなの！　じゃあダメじゃん」

おばばは、ページをめくりながら続《つづ》ける。

「しかしのう、人間《にんげん》が作《つく》ったものとは違《ちが》う、別《べつ》のタイプの妖怪《ようかい》ウォッチも存在《そんざい》しているらしいのじゃ」

「ええっ！」

書物《しょもつ》には、古代《こだい》エジプト風《ふう》の白《しろ》い衣《ころも》を着《き》た人物《じんぶつ》や、光《ひかり》を放《はな》つ腕輪《うでわ》、さらに妖怪《ようかい》らしきものも描《えが》かれている。

「古《いにしえ》の民《たみ》によって作《つく》られたものじゃ。太古《たいこ》の昔《むかし》、その古《いにしえ》の妖怪《ようかい》ウォッチが人間《にんげん》と妖怪《ようかい》の間《あいだ》を繋《つな》いでおったらしい。それが、今《いま》もどこかに存在《そんざい》しておる」

「へぇ。古《いにしえ》の妖怪《ようかい》ウォッチかぁ……」

「それを発見《はっけん》できれば、この世界《せかい》の危機《きき》を救《すく》えるかもしれぬ」

そう言《い》うと、おばばは立《た》ち上《あ》がり、懐《ふところ》からオレンジ色《いろ》の小《ちい》さな装置《そうち》を取《と》り出《だ》した。

「わしがこさえたこの『妖魔《ようま》レーダー』なら、その反応《はんのう》を……」

「探知《たんち》できるんだね！」

話《はなし》が終《お》わる前《まえ》に、アキノリはおばばの手《て》から妖魔《ようま》レーダーをさっと取《と》った。

「おい、こら！」

「任《まか》せて、おばば！　俺《おれ》が妖怪《ようかい》ウォッチを探《さが》しだすよ！」

そう言《い》うと、アキノリは、一冊《いっさつ》の古文書《こもんじょ》と妖魔《ようま》レーダーを手《て》に、ぽっちゃりとした体《からだ》を揺《ゆ》らして部屋《へや》を飛《と》び出《だ》していった。

空《そら》では、あいかわらず不気味《ぶきみ》な月《つき》が渦《うず》を巻《ま》き、ぼんやりと赤《あか》い光《ひかり》を帯《お》びている。

アキノリは、家《いえ》の前《まえ》の坂《さか》を自転車《じてんしゃ》で下《お》りながら興奮《こうふん》して叫《さけ》んだ。

「うぉおお！　面白《おもしろ》くなってきたぜ。待《ま》ってろよ、妖怪《ようかい》ウォッチ‼」

3 妖魔界《ようまかい》の玉座《ぎょくざ》

地球《ちきゅう》に謎《なぞ》の彗星《すいせい》が接近《せっきん》し、妖《あや》しい影《かげ》・鬼《おに》まろが飛《と》び交《か》っていたころ、あまたの妖《あやかし》たちが住《す》まう世界《せかい》、妖魔界《ようまかい》でも大《おお》きな異変《いへん》が起《お》きていた。

かつて妖魔界《ようまかい》を治《おさ》めていたエンマ大王《だいおう》の代《か》わりに、今《いま》、妖魔界《ようまかい》の中心《ちゅうしん》、牙牢城《がろうじょう》の玉座《ぎょくざ》に座《すわ》っているのは、蛇王《じゃおう》カイラだ。ブルーグレーの毛皮《けがわ》をまとい、整《ととの》った顔《かお》を不機嫌《ふきげん》にゆがめている。

玉座《ぎょくざ》の前《まえ》に円形《えんけい》に並《なら》べられた大臣《だいじん》たちの椅子《いす》が空《から》っぽだからだ。

カイラの横《よこ》で、参謀《さんぼう》ウーラが口《くち》を開《ひら》いた。

「誰《だれ》も来《き》ませぬな」

魔女《まじょ》のようなわし鼻《ばな》と、三《み》つ編《あ》みに編《あ》んだ長《なが》い顎《あご》ひげをもつ参謀《さんぼう》ウーラは、潰《つぶ》れていない方《ほう》の目《め》で部屋《へや》を見渡《みわた》した。

「呼《よ》び出《だ》したはずだが。どういうことだ？」

「大臣《だいじん》たちは、まだカイラ様《さま》を新《あら》たな『大王《だいおう》』と認《みと》めておらぬのでしょう」

「ふんっ。やつらが従《したが》うのは、あくまでもエンマというわけか。どいつもこいつも、エンマ、エンマと……」


そのころ、エンマ大王《だいおう》は、牙牢城《がろうじょう》の牢獄《ろうごく》に囚《とら》われの身《み》となっていた。赤《あか》い肌《はだ》に逆立《さかだ》ったた豊《ゆた》かな金髪《きんぱつ》、燃《も》えるような赤《あか》い着物《きもの》をまとった美《うつく》しい大王《だいおう》は、結界《けっかい》が張《は》り巡《めぐ》らされたドーム状《じょう》の牢獄《ろうごく》の中《なか》で、太《ふと》い鎖《くさり》につながれ一点《いってん》を見据《みす》えていた。そこへ、鉄格子《てつごうし》を通《とお》り抜《ぬ》け、白《しろ》い球体《きゅうたい》が現《あらわ》れた。

「ぬらりか」

エンマ大王《だいおう》が尋《たず》ねると、妖怪《ようかい》たちが『声《こえ》だま』と呼《よ》ぶ球体《きゅうたい》からエンマの家臣《かしん》であるぬらりひょんの像《ぞう》が、煙《けむり》のようにゆらゆらと立《た》ち上《のぼ》ってきた。

「ご無事《ぶじ》でしたか、大王様《だいおうさま》」

「ああ、心配《しんぱい》はいらん。まずいことになったぞ。鬼《おに》まろが予定《よてい》よりも３００年《ねん》も早《はや》く地上《ちじょう》に到達《とうたつ》する」

ぬらりひょんは、エンマ大王《だいおう》の発言《はつげん》に息《いき》を飲《の》んだ。

「妖魔界《ようまかい》がこのような時《とき》に……」

「今《いま》は鬼《おに》まろをどうにかせねば大変《たいへん》なことになる。鬼《おに》まろを撃退《げきたい》する方法《ほうほう》があるとすれば……」

「妖怪《ようかい》ウォッチですね。しかし、妖魔界《ようまかい》ではすべての妖怪《ようかい》ウォッチが廃棄《はき》されてしまいました」

その昔《むかし》、妖怪《ようかい》ウォッチは妖怪《ようかい》と人間《にんげん》が仲良《なかよ》くなれる世界《せかい》を目指《めざ》して作《つく》られた。だが、ウォッチを操《あやつ》ることのできる少年《しょうねん》が成長《せいちょう》し妖怪《ようかい》が見《み》えなくなると、持《も》ち主《ぬし》のいなくなったウォッチは、妖魔界《ようまかい》と人間界《にんげんかい》とのバランスを崩《くず》す危険《きけん》な存在《そんざい》として、時空《じくう》のかなたに葬《ほうむ》り去《さ》られたのだった。

エンマ大王《だいおう》は、ぬらりひょんの方《ほう》を振《ふ》り返《かえ》った。

「しかし、妖怪《ようかい》ウォッチは他《ほか》にもあるのだ」

「⁉」

「太古《たいこ》の昔《むかし》、幻妖族《げんようぞく》によって作《つく》られた神秘《しんぴ》の秘宝《ひほう》『エルダ魔導鏡《まどうきょう》』は、俺《おれ》たちが知《し》る妖怪《ようかい》ウォッチ以上《いじょう》の力《ちから》を持《も》っている‼」

「古《いにしえ》の妖怪《ようかい》ウォッチというわけですか。それはどこに？」

「ぬかりはない。すでに手《て》に入《い》れ『妖怪《ようかい》ウォッチ・エルダ』として改修《かいしゅう》した。しかし
……」

エンマ大王《だいおう》は、悔《くや》しそうに顔《かお》をしかめた。

「エルダ自身《じしん》が人間《にんげん》を受《う》け入《い》れておらず、いまだ起動《きどう》ができないでいる」

すでに妖怪《ようかい》ウォッチ・エルダは人間界《にんげんかい》で持《も》ち主《ぬし》を探《さが》しはじめているが、まだ妖怪《ようかい》と人間《にんげん》の橋渡《はしわた》しをできる者《もの》に出会《であ》えていないのだ。

「ぬらりよ、俺《おれ》もこうしてはおれぬ」

エンマ大王《だいおう》は牢獄《ろうごく》の鉄格子《てつごうし》を握《にぎ》ると手《て》に力《ちから》を込《こ》めた。

「ここを出《で》るぞ！」

「御意《ぎょい》！」

こうして、蛇王《じゃおう》カイラの作《つく》った結界《けっかい》をたやすく破《やぶ》ると、エンマ大王《だいおう》はぬらりひょんとともに人間界《にんげんかい》へと旅立《たびだ》った。

4　鬼《おに》まろに選《えら》ばれた少年《しょうねん》

無数《むすう》に存在《そんざい》する鬼《おに》まろの中《なか》で、ひとつ目《め》のオグ、ふたつ目《め》のトグ、そしてみつ目《め》のモグの鬼《おに》まろ3匹《びき》は、今朝《けさ》からずっとトウマの後《あと》をつけている。

学校《がっこう》をサボり元町商店街《もとまちしょうてんがい》を虚《うつ》ろな目《め》で歩《ある》くトウマを見《み》て、トグはほくそ笑《え》んだ。

「ししし……やっぱり、やってよさそうだな」

ひとつ目《め》のオグが、空気《くうき》を吸《す》いこんで答《こた》える。

「うむ、匂《にお》う匂《にお》う、プンプン匂《にお》うね。『闇《やみ》』くさいね〜」

「試《ため》してみようぜ、いえーい」

みつ目《め》のモグが楽《たの》しそうに言《い》うと、3匹《びき》は辺《あた》りをピョンピョンと跳《は》ね回《まわ》った。

そのとき、ゲームセンターの前《まえ》でふざけあっていた不良《ふりょう》の高校生《こうこうせい》のひとりに、トウマの肩《かた》がぶつかってしまった。

「おいっ！　気《き》をつけろよ！」

不良《ふりょう》は、トウマを怒鳴《どな》りつけた。トウマは小《ちい》さな声《こえ》で「すみません」と言《い》って立《た》ち去《さ》ろうとしたが、ひ弱《よわ》そうなトウマを見《み》て、不良《ふりょう》は口元《くちもと》をニヤリとゆがめた。カモを見《み》つけたときのイヤな笑《え》みだ。

「ちょっと兄《にい》ちゃん、もっと誠意《せいい》をもって謝《あやま》ってくれないと困《こま》るなぁ」

不良《ふりょう》は、仲間《なかま》とともにニヤニヤしながらトウマを取《と》り囲《かこ》む。

「あーっ、ちょうど今《いま》、持《も》ち合《あ》わせがなくて困《こま》ってんだよなー」

トウマは不良《ふりょう》たちの思惑《おもわく》を見抜《みぬ》いて、ぼそっと言《い》う。

「カツアゲかよ……」

「おいおい、人聞《ひとぎ》きの悪《わる》いこと言《い》わないでくれるかなぁ。ちょっとこっちに来《き》てもらうぜ〜」

そう言《い》って、トウマの肩《かた》に腕《うで》をまわすと、周囲《しゅうい》に気《き》づかれないように路地裏《ろじうら》に連《つ》れこんだ。

人気《ひとけ》のないジメジメとした路地裏《ろじうら》のゴミ捨《す》て場《ば》で、トウマは3人《にん》の不良《ふりょう》たちに袋《ふくろ》だたきにされ、財布《さいふ》を取《と》られてしまった。不良《ふりょう》は現金《げんきん》を抜《ぬ》き取《と》ると、財布《さいふ》をトウマの前《まえ》に投《な》げ捨《す》てた。

「ちっ、3000円程度《えんていど》か。しけてやがんな」

さらに別《べつ》のひとりが、トウマの顔《かお》を見《み》て吐《は》き捨《す》てるように言《い》う。

「お前《まえ》みてえな顔《かお》に不幸《ふこう》がにじみ出《で》ているやつは、ゴミ捨《す》て場《ば》がお似合《にあ》いだぜ！」

不良《ふりょう》たちが笑《わら》いながら立《た》ち去《さ》ろうとしたとき、トウマは無表情《むひょうじょう》のままつぶやいた。

「……社会《しゃかい》のゴミはそっちだ」

「あん？　なんか言《い》ったか？」

不良《ふりょう》たちはトウマを振《ふ》り返《かえ》ると、薄《うす》ら笑《わら》いを浮《う》かべ、拳《こぶし》を鳴《な》らして再《ふたた》び近《ちか》づいてくる。トウマはゴミに埋《う》もれながら、歯《は》を食《く》いしばり、怖《こわ》い目《め》でじっと一点《いってん》を見《み》つめた。その顔《かお》に、強《つよ》い怒《いか》りと憎《にく》しみがにじむ。

「いい顔《かお》になってる。今《いま》だ〜！」

トウマの様子《ようす》をずっと見《み》ていた鬼《おに》まろ3匹《びき》は天高《てんたか》く上昇《じょうしょう》した。

「行《い》けー！」

「いえ〜い‼」

3匹《びき》はトウマの背中《せなか》めがけて一気《いっき》に下降《かこう》し、その体内《たいない》に入《はい》りこんだ！

「うっ！」

これまでに感《かん》じたことのない奇妙《きみょう》な衝撃《しょうげき》をトウマは受《う》けた。体《からだ》を駆《か》け巡《めぐ》るざわざわとした感覚《かんかく》に、その場《ば》に倒《たお》れ、叫《さけ》び声《ごえ》を上《あ》げる。

「うぁあああっ！」

だが、すぐに起《お》き上《あ》がり不良《ふりょう》をにらみつけると、つかみかかってきたひとりを軽々《かるがる》と片《かた》手《て》で持《も》ち上《あ》げ、ゴミの中《なか》に放《ほう》り投《な》げた。仲間《なかま》たちも、まるでゴミ袋《ぶくろ》を放《ほう》り投《な》げるように次々《つぎつぎ》と投《な》げ飛《と》ばしていく。

「この〜っ!!」

最初《さいしょ》に投《な》げられた不良《ふりょう》が、鉄《てつ》パイプを持《も》って襲《おそ》いかかってきた！　トウマは片手《かたて》でそれを受《う》け止《と》め、その腕《うで》がどんどん膨《ふく》らんでいく。

「な、な、なんだコイツ、バケモノか」

おびえる不良《ふりょう》の目《め》の前《まえ》で、トウマは数倍《すうばい》に膨《ふく》れ上《あ》がった腕《うで》で鉄《てつ》パイプをやすやすと曲《ま》げた。

「ひえぇ〜」

不良《ふりょう》たちは、はうようにして逃《に》げていった。

トウマは、元《もと》の大《おお》きさに戻《もど》っていく自分《じぶん》の腕《うで》を見《み》つめて、呆然《ぼうぜん》と立《た》ちつくす。

「僕《ぼく》は、どうしたんだ……？」

「ししし……どうだ？　オレらの力《ちから》、すげえだろ？」

「!?」

不思議《ふしぎ》な声《こえ》に驚《おどろ》いて周囲《しゅうい》を見回《みまわ》すと、トウマの背中《せなか》から鬼《おに》まろ3匹《びき》が飛《と》び出《だ》してきた。

「わっ、なんだ？」

「オマエ、この力《ちから》を使《つか》って大《おお》きなことしねえか？」

ひとつ目《め》のオグが言《い》う。

「何《なん》なんだよ！　お前《まえ》たちは！」

「オレたちはオマエの味方《みかた》だよ」

今度《こんど》はふたつ目《め》のがトグが答《こた》えた。さらにオグとモグが続《つづ》く。

「オマエ、オレらと契約《けいやく》を交《か》わさないか？」

「いえーい」

「契約《けいやく》って……？　なんで僕《ぼく》なんだよ」

トグがトウマの前《まえ》に出《で》た。

「ししし……オマエからは、うまーい闇《やみ》の匂《にお》いがするんだぜ」

続《つづ》いてモグもトウマの顔《かお》の前《まえ》に来《き》て楽《たの》しそうに言《い》う。

「さっきの力《ちから》、気《き》に入《い》っただろ？」

「オマエは強《つよ》い。その存在《そんざい》をもっと世間《せけん》に示《しめ》すんだ」

「僕《ぼく》の存在《そんざい》を、示《しめ》す……？」

トウマは考《かんが》えた……。

(僕《ぼく》の存在《そんざい》を示《しめ》すって……僕《ぼく》の存在《そんざい》なんて、今《いま》まであったんだろうか……)

幼《おさな》いころから、トウマはいつも独《ひと》りぼっちだった。高級《こうきゅう》マンションの広《ひろ》すぎるリビング、「ただいま」と言《い》っても誰《だれ》も出迎《でむか》えてくれない日々《ひび》。食事《しょくじ》もいつもひとり、たいていはデリバリーだ。授業参観《じゅぎょうさんかん》だって一度《いちど》も来《き》てもらったことなどない。友達《ともだち》も、いない……。

そう、僕《ぼく》の存在《そんざい》なんて、誰《だれ》にも認《みと》められていないんだ――。

「僕《ぼく》の存在《そんざい》なんて……どうせ……」

「どうせ」という言葉《ことば》の響《ひび》きに、鬼《おに》まろ3匹《びき》は嬉《うれ》しそうに笑《わら》った。

「お前《まえ》に力《ちから》をやる。その代《か》わり、その体《からだ》を少《すこ》し貸《か》せ」

「どうする、どうする？」

「いえーい」

トウマは、目《め》の前《まえ》を飛《と》び交《か》う3匹《びき》に投《な》げやりに言《い》った。

「いいよ」

トウマは思《おも》った。

(だって、どうせ、僕《ぼく》の存在《そんざい》なんて、どうでもいいんだから……)

3匹《びき》の鬼《おに》まろは嬉《うれ》しそうに声《こえ》を合《あ》わせ、

「決《き》まりだ！」

と言《い》うと、首《くび》を振《ふ》ってカラカラカラカラと奇妙《きみょう》な音《おと》を立《た》てた。すると、辺《あた》りにつむじ風《かぜ》が起《お》き、どす黒《ぐろ》いモヤが地面《じめん》から立《た》ち上《のぼ》ってきた。

「こいつか……？」

驚《おどろ》いて声《こえ》の方《ほう》を見《み》ると、地面《じめん》から出《で》てきた黒《くろ》いモヤは、つむじ風《かぜ》に合《あ》わせによろによろと大《おお》きくなり、大蛇《だいじゃ》のようにトウマの体《からだ》に巻《ま》きついてきた。この気味《きみ》の悪《わる》いモヤこそ、鬼《おに》まろたちの親分《おやぶん》、『鬼《おに》まろリーダー』だ。どす黒《ぐろ》いモヤの先端《せんたん》にある黄色《きいろ》くて細長《ほそなが》い不気《ぶき》味《み》なひとつ目《め》で、鬼《おに》まろリーダーはトウマをじろじろ見《み》てから匂《にお》いを嗅《か》ぐ。

「いい香《かお》りだ。こいつにしよう」

そう言《い》うと、鬼《おに》まろリーダーはトウマの体《からだ》に入《はい》りこんだ。

「うわぁーっ！　うっ……ぐっ……」

抵抗《ていこう》するトウマを押《お》さえこむように、鬼《おに》まろリーダーの声《こえ》が聞《き》こえる。

「あらがうな、受《う》け入《い》れるのだ。自《みずか》らの憎悪《ぞうお》を！」

少《すこ》しすると苦《くる》しみは収《おさ》まり、トウマの体《からだ》からどす黒《ぐろ》いオーラが立《た》ち上《のぼ》ってきた。

トウマの肉体《にくたい》に鬼《おに》まろリーダーが融合《ゆうごう》したのだ！

顔《かお》を上《あ》げたトウマの目《め》つきはすっかり変《か》わっていた。その瞳《ひとみ》が怪《あや》しく光《ひか》る。

地面《じめん》や壁《かべ》などあちこちから小《ちい》さな鬼《おに》まろが発生《はっせい》し、吸《す》い寄《よ》せられるようにトウマの周囲《しゅうい》に集《あつ》まってくる。そして、いつの間《ま》にか、おびただしい数《かず》の鬼《おに》まろが路地裏《ろじうら》を飛《と》び交《か》っていた。

そこへ、ズンズンと重《おも》たい足音《あしおと》が響《ひび》いてくる。番長《ばんちょう》の鬼島《おにじま》ゲンジが路地裏《ろじうら》にやって来《き》たのだ。鬼島《おにじま》は、さっきの不良《ふりょう》たちと比《くら》べ、図体《ずうたい》も貫禄《かんろく》も数倍《すうばい》はあり、トウマと同《おな》じように鬼《おに》まろたちを従《したが》えている。どうやら彼《かれ》にも別《べつ》の鬼《おに》まろが融合《ゆうごう》しているようだ。

鬼島《おにじま》は、獣《けもの》のような目《め》でトウマに迫《せま》ってくる。

「匂《にお》う、匂《にお》うぞ～。ぐへへへへっ」

トウマの体《からだ》の中《なか》から、鬼《おに》まろリーダーが囁《ささや》く。

「ちょうどいい。腕試《うでだめ》しだ」

トウマは、自分《じぶん》よりもはるかに大《おお》きな鬼島《おにじま》をにらみつけた。その瞳《ひとみ》が赤《あか》く光《ひか》る。鬼《おに》まろリーダーの声《こえ》が、トウマを後押《あとお》しするように響《ひび》いた。

「月浪《つきなみ》トウマよ、お前《まえ》の力《ちから》を見《み》せてみろ！」

5　鬼眼《きがん》ギア

勝負《しょうぶ》はあっけなく、トウマの圧勝《あっしょう》でけりがついた。

「やるじゃねーか！」

「オレたちの見込《みこ》んだ通《とお》りだぜ！」

「いえーい！」

オグ・トグ・モグの鬼《おに》まろ3匹《びき》は、トウマの周《まわ》りを興奮《こうふん》して飛《と》び回《まわ》った。

鬼《おに》まろと融合《ゆうごう》した人間《にんげん》は、体《からだ》の大《おお》きさや腕力《わんりょく》に関係《かんけい》なく、その人間《にんげん》の心《こころ》の闇《やみ》の深《ふか》さで力《ちから》が決《き》まる。闇《やみ》が深《ふか》ければ深《ふか》いほど、力《ちから》は強大《きょうだい》になるのだ。

戦《たたか》いを終《お》え、トウマと融合《ゆうごう》した鬼《おに》まろリーダーは満足《まんぞく》げに鬼《おに》まろ3匹《びき》に言《い》った。

「こいつは使《つか》えそうだ。アレを」

「はっ」

トグは鬼《おに》まろリーダーに応《こた》えると、トウマに向《む》かって嬉《うれ》しそうに言《い》った。

「オマエにプレゼントだぜ」

「プレゼント……？」

鬼《おに》まろ3匹《びき》は、戸惑《とまど》うトウマの左腕《ひだりうで》に青《あお》い不思議《ふしぎ》な装置《そうち》をせっせと装着《そうちゃく》し始《はじ》めた。装置《そうち》は、一瞬《いっしゅん》、青鬼《あおおに》の手《て》のような形《かたち》に変形《へんけい》し、トウマの腕《うで》にガシッと絡《から》みついた。

「!!」

これで装着完了《そうちゃくかんりょう》だ！　鬼《おに》まろ3匹《びき》は嬉《うれ》しそうに歓声《かんせい》を上《あ》げた。

トウマは驚《おどろ》いて自分《じぶん》の腕《うで》を見《み》た。

「なんだこれ……？」

「それは『鬼眼《きがん》ギア』。オマエとオレらの仲間《なかま》のしるしだ」

「仲間《なかま》……」

「それで仲間《なかま》たちに指示《しじ》を出《だ》せるんだぜ。試《ため》しにアイツを操《あやつ》ってみろ」

そう言《い》うと、トグは倒《たお》れている鬼島《おにじま》を指《さ》した。トウマは鬼眼《きがん》ギアをはめている左手《ひだりて》を、鬼島《おにじま》の前《まえ》に伸《の》ばし軽《かる》く回《まわ》してみた。すると、鬼島《おにじま》の重《おも》い体《からだ》がまるで操《あやつ》り人形《にんぎょう》のようにふわりと立《た》ち上《あ》がり、ひざまずいた。

「そいつは、オマエの指示通《しじどお》りに動《うご》くぜ。気《き》に入《い》ったか？」

「鬼眼《きがん》ギアは我々《われわれ》のリーダーの証《あかし》！」

トグとオグの言葉《ことば》に、トウマは改《あらた》めてそれを見《み》つめた。

「……」

するとトウマの体《からだ》の中《なか》から、どす黒《ぐろ》い体《からだ》がモヤモヤと出《で》てきた。鬼《おに》まろリーダーは、トウマにまとわりついて語《かた》りかける。

「お前《まえ》は、世《よ》の中《なか》に不満《ふまん》を持《も》ってる。ろくに友達《ともだち》だっていない。周《まわ》りの人間《にんげん》は誰《だれ》もお前《まえ》のことを認《みと》めていない。お前《まえ》は、まるで『影《かげ》』だ」

「影《かげ》……だから、僕《ぼく》なのか……」

鬼《おに》まろリーダーは、トウマの頭上《ずじょう》に広《ひろ》がり、トウマの全身《ぜんしん》を影《かげ》で覆《おお》うようにして続《つづ》けた。

「そうだ。お前《まえ》の心《こころ》の闇《やみ》こそ、我々《われわれ》が求《もと》めるものだ。純度《じゅんど》の高《たか》い闇《やみ》。もともとが純粋《じゅんすい》な心《こころ》だからこそ、その闇《やみ》も大《おお》きい」

「……」

トウマは虚《うつ》ろな目《め》で立《た》ちつくしている。その周《まわ》りを、町《まち》のあちこちから集《あつ》まってきた鬼《おに》まろたちが挑発《ちょうはつ》するように飛《と》び交《か》う。鬼眼《きがん》ギアの目玉《めだま》もギロギロ動《うご》く。鬼《おに》まろリーダーは、トウマの耳元《みみもと》で囁《ささや》く。

「お前《まえ》は仲間《なかま》を増《ふ》やし、組織《そしき》を作《つく》れ」

「組織《そしき》？」

「そうだ。そして、お前《まえ》の存在《そんざい》を世界《せかい》に認《みと》めさせるのだ！」

「僕《ぼく》の存在《そんざい》……」

「そうだ、お前《まえ》の存在《そんざい》を」

「僕《ぼく》の存在《そんざい》を……僕《ぼく》の存在《そんざい》を……！」

トウマは、周囲《しゅうい》に集《あつ》まったおびただしい数《かず》の鬼《おに》まろたちを見渡《みわた》した。そして、怪《あや》しく目《め》を光《ひか》らせると、鬼眼《きがん》ギアを装着《そうちゃく》した手《て》を大《おお》きく振《ふ》りかざした。

第《だい》2章《しょう》　よみがえれ！　妖怪《ようかい》ウォッチ！

6　広《ひろ》がるウィルス

時刻《じこく》は、午後《ごご》3時過《じす》ぎ。

空《そら》では、不気味《ぶきみ》な月《つき》がその大《おお》きさを増《ま》し始《はじ》めていた。叫《さけ》びを上《あ》げる亡者《もうじゃ》の顔《かお》のようなものが、不気味《ぶきみ》に渦《うず》を巻《ま》いているのがはっきりと見《み》える。

地上《ちじょう》では、鬼《おに》まろたちがトウマの指示《しじ》によって次々《つぎつぎ》と人間《にんげん》の体内《たいない》に入《はい》り込《こ》んでいた。鬼《おに》まろに憑《つ》かれた町《まち》の人々《ひとびと》が、『カオデカ鬼《おに》』に変化《へんか》していく。カオデカ鬼《おに》とは、その名《な》の通《とお》り、恐《おそ》ろしく大《おお》きな顔《かお》をした鬼《おに》の妖怪《ようかい》だ。

膨《ふく》れ上《あ》がった頭《あたま》にとがった角《つの》を生《は》やし、下《した》あごから大《おお》きな牙《きば》をむき出《だ》しにして、カオデカ鬼《おに》たちはお腹《なか》を空《す》かせた獣《けもの》のように町《まち》をさまよっている。

「ぐるる……」

一方《いっぽう》、アキノリとおばばは、さくら元町《もとまち》の住宅街《じゅうたくがい》を、妖魔《ようま》レーダーを手《て》に歩《ある》いていた。

古《いにしえ》の妖怪《ようかい》ウォッチを探《さが》しているところだ。

アキノリは、おばばにすねた調子《ちょうし》で言《い》った。

「なんでおばばもついてくんの～？　俺《おれ》ひとりで探《さが》せるって」

「半人前《はんにんまえ》のお前《まえ》じゃ心配《しんぱい》での」

「はぁ？　なんだよそれ。で、これからどうすんの？」

「妖怪《ようかい》ウォッチに近《ちか》づけば『妖魔《ようま》レーダー』が反応《はんのう》するじゃろう」

「ところでおばば、その鬼《おに》まろってどんなやつなの？」

「お前《まえ》、本当《ほんとう》に何《なに》も知《し》らずに騒《さわ》いでおったのか！」

「うちに代々伝《だいだいつた》わる、ただの昔話《むかしばなし》だって思《おも》ってたから、そこまで気《き》にしてなかったってい
うか……」
おばばは、真剣《しんけん》な顔《かお》で語《かた》り始《はじ》めた。
「簡単《かんたん》に言《い》えば、鬼《おに》まろは、『ウィルス』のようなもんじゃな。人間《にんげん》の悪意《あくい》に感染《かんせん》して、
その数《かず》を増《ふ》やしていく。一度《いちど》増《ふ》えたが最後《さいご》、止《と》めることは不可能《ふかのう》」
「そんな恐《おそ》ろしいものが、なんで今《いま》？」
「鬼《おに》まろは、数千年《すうせんねん》に一度《いちど》、空《そら》からやってくる怪魔《かいま》じゃ。地球外生命体《ちきゅうがいせいめいたい》ならぬ、地球外妖《ちきゅうがいよう》
怪《かい》というところじゃ。やつらは、人《ひと》の心《こころ》の『闇《やみ》』を嗅《か》ぎつける。血《ち》の匂《にお》いに集《あつ》まるサメの
ごとく、どう猛《もう》に人《ひと》の心《こころ》を食《く》う……そして、宿主《やどぬし》となった人間《にんげん》が死《し》ぬまで悪意《あくい》を増長《ぞうちょう》させ、
罪《つみ》を犯《おか》させ続《つづ》けるのだ」
「……」
おばばの話《はなし》にアキノリは絶句《ぜっく》した。そのとき、妖魔《ようま》レーダーに反応《はんのう》が現《あらわ》れた。
「なんということじゃ！　鬼《おに》まろの反応《はんのう》が広《ひろ》がり始《はじ》めたぞ」

おばばの言《い》う通《とお》り、レーダーの画面上《がめんじょう》で鬼《おに》まろを表《あらわ》す赤《あか》い点《てん》がどんどん増《ふ》えている。一《いち》度増殖《どぞうしょく》しはじめたウィルスは止《と》められない……。

アキノリは、その中《なか》にひとつだけある白《しろ》い点《てん》を指《さ》した。

「この白《しろ》い点《てん》は何《なん》だろう？」

「ん!?　なんじゃ？　白《しろ》い光《ひかり》……もしかするとこの反応《はんのう》は……妖怪《ようかい》ウォッチを管理《かんり》するのは、白《しろ》い色《いろ》をした『執事妖怪《しつじようかい》』だと聞《き》く」

「ひつじ!?　メェ〜メェ〜」

アキノリは、ひつじの鳴《な》きマネをして辺《あた》りを走《はし》り回《まわ》った。

「そうじゃ、毛《け》がふさふさで温《あたた》かいのじゃ」

おばばは、杖《つえ》でポカッとアキノリを叩《たた》いた。

「んなわけあるかい！　執事《しつじ》じゃ！　『ご主人様《しゅじんさま》、なんなりとお申《もう》しつけください』的《てき》な方《ほう》じゃ！」

「そっちか〜」

「行《い》くぞ、アキノリ。執事妖怪《しつじようかい》を探《さが》すのじゃ！」

アキノリとおばばは、レーダーが示《しめ》す白《しろ》い点《てん》の方《ほう》へ急《いそ》いだ。


そのころ、下校中《げこうちゅう》のナツメは友達《ともだち》の早希《さき》とともに住宅街《じゅうたくがい》を歩《ある》いていた。

「けど、まさかほんとうに溺《おぼ》れている子《こ》を助《たす》けるなんてね」

早希《さき》は、半分感心《はんぶんかんしん》しながら、半分《はんぶん》は呆《あき》れながら言《い》った。

「いくら世話焼《せわや》きだからって、この寒《さむ》いのに川《かわ》に飛《と》びこんだら死《し》ぬって！」

「大丈夫《だいじょうぶ》、私《わたし》にはこれがあるからね」

ナツメは、胸元《むなもと》からペンダントを出《だ》し、鍵《かぎ》の形《かたち》をした石《いし》のペンダントヘッドを見《み》せた。

「ああ、溺《おぼ》れたときに手《て》に握《にぎ》ってたって石《いし》ね」

幼《おさな》いころ、川《かわ》で溺《おぼ》れて誰《だれ》かに助《たす》けられたとき、川岸《かわぎし》で目《め》を覚《さ》ますと、ナツメはこの不思議《ふしぎ》な形《かたち》の石《いし》を握《にぎ》っていた。自然《しぜん》の石《いし》とは思《おも》えないような秘密《ひみつ》めいた鍵《かぎ》の形《かたち》の石《いし》……。

「そう。これがお守《まも》りなの」

ナツメは大事《だいじ》そうにぎゅっと握《にぎ》った。

曲《ま》がり角《かど》で、早希《さき》と別《わか》れたナツメの方《ほう》に、半透明《はんとうめい》の鬼《おに》まろが飛《と》んできた。隙《すき》を見《み》て、ナツメの体《からだ》に入《はい》りこむつもりだ。そのとき、ナツメが歩《ある》いていた道《みち》が濃《こ》い影《かげ》に覆《おお》われ、代《か》わりに小《ちい》さなわき道《みち》が光《ひかり》に照《て》らしだされた。

「あれ、こんな道《みち》あったかなぁ……」

ナツメは、わき道《みち》へと吸《す》いこまれるように入《はい》っていった。

鬼《おに》まろがナツメに入《はい》りこもうと構《かま》えたときには、ナツメの姿《すがた》はどこにもなかった。ナツメだけではない、ふたつに分《わ》かれていたはずの道《みち》そのものが、消《き》えてしまっていた……。

7　執事妖怪《しつじようかい》・ウィスパー登場《とうじょう》

「なんか変《へん》なところに迷《まよ》い込《こ》んじゃった気《き》がする……」

ナツメは辺《あた》りを見渡《みわた》しながら狭《せま》い路地《ろじ》を恐《おそ》る恐《おそ》る進《すす》んでいくと、行《い》き止《ど》まりにガシャマシンを見《み》つけた。

「え？　何《なに》アレ……？」

すると、青白《あおじろ》い顔《かお》がいきなり目《め》の前《まえ》に現《あらわ》れた！　ナツメは驚《おどろ》いて腰《こし》を抜《ぬ》かしてしまう。

黒《くろ》いタキシードにピンクの蝶《ちょう》ネクタイ、オールバックにした髪《かみ》を頭《あたま》のてっぺんでニョロリとうねらせたその男《おとこ》には、なんと！　足《あし》がない!!

「だ、誰《だれ》!?」

男《おとこ》は青白《あおじろ》い顔《かお》をぬぅっと近《ちか》づけ、まん丸《まる》の小《ちい》さな目《め》でナツメをじっと見《み》た。

「これで４４４人目《にんめ》、はあーっ、そろそろどうにかならないものでしょうか」

「この人《ひと》……なんか変《へん》」

そう言《い》って立《た》ち上《あ》がったナツメの左腕《ひだりうで》には、ごつい白《しろ》い腕時計《うでどけい》のようなものがはまっていた。金《きん》で縁取《ふちど》られた文字盤《もじばん》はフタで覆《おお》われ、手前《てまえ》には鍵穴《かぎあな》のような小《ちい》さな穴《あな》が開《あ》いている。

「ええっ!?　何《なに》コレ……どういうこと？」

「さあて、いきますよぉ〜」

男《おとこ》は奇妙《きみょう》な調子《ちょうし》で言《い》うと、人差《ひとさ》し指《ゆび》を立《た》てた。

「適性検査《てきせいけんさ》ステップ1！　まずは発声練習《はっせいれんしゅう》です」

「え？　なになに？」

「いいですか？　私《わたし》の言《い》う通《とお》りに繰《く》り返《かえ》してください」

男《おとこ》は得意《とくい》げに腕《うで》を振《ふ》り上《あ》げ天《てん》を指《ゆび》さすと、声高《こえたか》らかに言《い》う。

「オレのともだち！　出《で》てこいジバニャン！」

「はあ？？」

きょとんとしているナツメに男《おとこ》が迫《せま》る。

「さあ、言《い》って！　オレのともだち！　出《で》てこいジバニャン！」

ナツメは、チンプンカンプンのまま、とにかく男《おとこ》と同《おな》じポーズをして叫《さけ》んでみた。

「俺《おれ》のともだち、出《で》てこいコチジャン！！！」

男《おとこ》はズルッとコケた。

「だーーっ、違《ちが》うでしょう。雰囲気《ふんいき》はありましたが、最後《さいご》のニャンというところが、ちょっと似《に》てる程度《ていど》ですよっ！」

「なによ！　うるさいなぁ〜」

「お？　しかし、待《ま》ってくださいよー」

男《おとこ》はナツメの腕時計《うでどけい》を虫眼鏡《むしめがね》でじっくり見《み》た。

「拒絶反応《きょぜつはんのう》がないですねえ。いつもなら、この時点《じてん》で手《て》から弾《はじ》かれているはず。もしかして……アタリですか⁉」

そう言《い》ってナツメの顔《かお》を見《み》て嬉《うれ》しそうに叫《さけ》んだ。

「おおおおっ！　あなたは、妖怪《ようかい》ウォッチに選《えら》ばれし、伝説《でんせつ》の勇者的《ゆうしゃてき》な存在《そんざい》⁉」

大興奮《だいこうふん》でナツメの周囲《しゅうい》をクルクル回《まわ》る男《おとこ》にナツメは怒鳴《どな》る。

「さっきからまったく意味不明《いみふめい》なんですけど‼　そもそも、あなた誰《だれ》‼」

「申《もう》し遅《おく》れました、わたくしは『ウィスパー』。妖怪《ようかい》です。そうですね。あなたが理解《りかい》できないのは当然《とうぜん》です。人間《にんげん》が理解《りかい》できないものなんて、この世《よ》には無数《むすう》に存在《そんざい》しますから」

（妖怪《ようかい》って何《なに》？？　人間《にんげん》が理解《りかい》できないって……？　なんなの、どういうこと？）

するとウィスパーは、シュポンと音《おと》を立《た》てて、ナツメの前《まえ》で小《ちい》さくなってみせた。

「!?」

驚《おどろ》いて目《め》をこするナツメの周《まわ》りを飛《と》びながらウィスパーは解説《かいせつ》する。

「小《ちい》さなアリンコは、巨大《きょだい》すぎる人間《にんげん》という存在《そんざい》を理解《りかい》できません。つまり、アリンコにとって、人間《にんげん》の世界《せかい》は上位次元《じょういじげん》。そして、人間《にんげん》にも、理解《りかい》できない上位次元《じょういじげん》は存在《そんざい》します。それが、我々《われわれ》のいる妖魔界《ようまかい》です」

「……それって、霊界《れいかい》とか、あの世《よ》とかってこと？」

「う〜ん、似《に》たようなものではありますけど、ちょっと違《ちが》いますかねえ」

「ふーん」

「では、最後《さいご》の試練《しれん》に移《うつ》ります。そのガシャを引《ひ》いてください」

「もう最後《さいご》なの!?」

まだ「出《で》てこい、なんとか」と言《い》っただけなのにもう最後《さいご》なんて、本当《ほんとう》にそれでいいのだろうか。

「さあ、いいからダイヤルを回《まわ》して！」

ウィスパーに押《お》されて、ナツメはガシャマシンのダイヤルを回《まわ》した。すると、ゴロンと丸《まる》いカプセルがひとつ落《お》ちてきた。カプセルを開《あ》けてみると、中《なか》から得体《えたい》のしれない何《なに》かが大《おお》きく伸《の》び上《あ》がった。

「な、な、なに……？？」

空中《くうちゅう》に巨大《きょだい》な妖怪《ようかい》『ミツマタノヅチ』が現《あらわ》れた！　ウィスパーが言《い》う。

「おおっ？　それを引《ひ》きましたかー」

ミツマタノヅチは、ガマガエルのようなイボイボの体《からだ》に長《なが》い首《くび》が3本《ぼん》あり、真《ま》ん中《なか》の首《くび》には目玉《めだま》がひとつ、両《りょう》サイドの首《くび》から長《なが》ーい舌《した》を出《だ》し、よだれを垂《た》らしている。

「ぐおーーーんっ！」

長《なが》い首《くび》を揺《ゆ》らしてほえる妖怪《ようかい》を前《まえ》にして、ナツメは悲鳴《ひめい》を上《あ》げ一目散《いちもくさん》に逃《に》げだした。

「うぁ！　なにこれ――っ！」

狭《せま》い路《ろ》地《じ》を逃《に》げるナツメを、周囲《しゅうい》の壁《かべ》を破壊《はかい》しながらミツマタノヅチが追《お》ってくる。ウィスパーが、ピューッと低空飛行《ていくうひこう》で、走《はし》るナツメの横《よこ》についた。

「妖怪《ようかい》ウォッチを使《つか》って、そいつを倒《たお》せば合格《ごうかく》ですよ。簡単《かんたん》でしょ」

「きゃああ――っ！　妖怪《ようかい》ウォッチを使《つか》って倒《たお》すって⁉　どうやって使《つか》うのよ――っ！」

ナツメは大声《おおごえ》を上《あ》げ逃《に》げ回《まわ》りながら、ウィスパーに尋《たず》ねた。

「それはですね。この『アーク』というものをですね……あれ、いない？」

もう、のんきに説明《せつめい》なんて聞《き》いてる場合《ばあい》じゃない！　ナツメは、全速力《ぜんそくりょく》で路《ろ》地《じ》へと逃《に》げ込《こ》んでいった。

8　ウォッチに選《えら》ばれた少女《しょうじょ》

懸命《けんめい》に走《はし》るナツメの背中《せなか》をミツマタノヅチの首《くび》が追《お》う。

「も――死《し》ぬ―――っ！」

ナツメは、ついに、制服《せいふく》の背中《せなか》に噛《か》みつかれ持《も》ち上《あ》げられてしまった。

「きゃ――――っ！」

手足《てあし》をバタつかせるが、ミツマタノヅチの歯《は》は、その小《ち い》さな体《からだ》をとらえて離《はな》さない。

もうダメ！　食《た》べられちゃう!!

そのときだった。アキノリが現《あらわ》れ、素早《すばや》く空中《くうちゅう》で星《ほし》の形《かたち》を描《えが》き印《いん》を結《むす》ぶと、印《いん》から出現《しゅつげん》した光《ひかり》の玉《たま》をミツマタノヅチめがけて思《おも》いきり投《な》げた！

光《ひかり》の玉《たま》は、妖怪《ようかい》の首《くび》に命中《めいちゅう》し、ナツメは地面《じめん》に放《ほう》り出《だ》された。

「わわわわっ！」

すぐに立《た》ち上《あ》がると、再《ふたた》び走《はし》り出《だ》す！　全速力《ぜんそくりょく》で逃《に》げるナツメに並走《へいそう》しながら、アキノリは古文書《こもんじょ》を開《ひら》く。

「いい、よく聞《き》いて！　妖怪《ようかい》ウォッチの使《つか》い方《かた》を教《おし》えるよ！」

「どうでもいいから、早《はや》くして――っ！」

アキノリは、ナツメに小《ちい》さな鍵《かぎ》のようなものを渡《わた》した。

「それはね、『アーク』って呼《よ》ばれてるんだ！」

「アーク？？」

「それを妖怪《ようかい》ウォッチに入《い》れて回《まわ》してっ！」

ナツメは言《い》う通《とお》りに、ウォッチの手前《てまえ》にある鍵穴《かぎあな》のようなところにアークを差《さ》し込《こ》み、回《まわ》した。すると、妖怪《ようかい》ウォッチが光《ひかり》を放《はな》ち、文字盤《もじばん》のフタが開《ひら》いた！

走《はし》りながらナツメはアキノリに叫《さけ》ぶ。

「開《ひら》いた！　で、どうするのーっ？」

「召喚《しょうかん》！　って叫《さけ》ぶんだ！」

「え？　なに？」

「しょうかん！」

「しょうかん！」

ナツメはよく分《わ》からないままアキノリの言葉《ことば》を繰《く》り返《かえ》す。

「俺《おれ》のともだち！」

「お、俺《おれ》？　の、ともだちっ！」

「出《で》てこい、ひも爺《じい》！」

「出《で》てこい、スムージーッ！」

アキノリは思《おも》わずズコッとコケた。

「違《ちが》うよ！　雰囲気《ふんいき》あるけどっ！　出《で》てこい、ひも爺《じい》！」

「出《で》てこい、ひもじぃーー！」

ナツメがアークをウォッチにかざす。

妖怪《ようかい》ウォッチが強《つよ》い光《ひかり》を放《はな》った！

強《つよ》い光《ひかり》に照《て》らされたナツメの影《かげ》が伸《の》び、影《かげ》が光《ひかり》に変《か》わって細長《ほそなが》い頭《あたま》の不思議《ふしぎ》なシルエットが現《あらわ》れた。

光《ひかり》がおさまると、妖怪《ようかい》ウォッチによって召喚《しょうかん》された妖怪《ようかい》『ひも爺《じい》』がナツメの背後《はいご》に出《しゅつ》現《げん》した！　イカのようにとがった頭《あたま》に白《しろ》いひげ、着物《きもの》を着《き》たお爺《じい》さんの妖怪《ようかい》は、物欲《ものほ》しそうに口《くち》からよだれを垂《た》らしている。

ひも爺《じい》は、ミツマタノヅチに向《む》かってあんぐりと大《おお》きな口《くち》を開《あ》けて叫《さけ》んだ！

「ひもじ〜〜〜〜〜〜〜〜〜っ！」

低《ひく》く響《ひび》き渡《わた》るひも爺《じい》の音波攻撃《おんぱこうげき》に、ミツマタノヅチはピタリと動《うご》きを止《と》めた。辺《あた》りの建《たて》物《もの》にひびが入《はい》り、窓《まど》ガラスが割《わ》れ落《お》ちる。ミツマタノヅチは、全身《ぜんしん》から蒸気《じょうき》を上《あ》げて苦《くる》しそうにもがき始《はじ》めた。みるみるうちに水分《すいぶん》が抜《ぬ》けていき、巨大《きょだい》な妖怪《ようかい》はあっという間《ま》に小《ちい》さくカラカラになってしまった。

この干《ひ》からび攻撃《こうげき》のおかげで、ミツマタノヅチを倒《たお》せたようだ！　一仕事《ひとしごと》を終《お》えたひも爺《じい》は、光《ひかり》となって姿《すがた》を消《け》した。

「ふうう……なんとかなった」

ナツメは大《おお》きく息《いき》をついた。さっきまでミツマタノヅチがいた場所《ばしょ》に落《お》ちていた小《ちい》さな鍵《かぎ》のようなものをアキノリが拾《ひろ》った。ミツマタノヅチのアークだ。

アキノリは、ナツメの腕《うで》にはまった妖怪《ようかい》ウォッチを見《み》て、改《あらた》めて感動《かんどう》の声《こえ》を上《あ》げた。

「すげえ!!　これが、妖怪《ようかい》ウォッチか……」

「妖怪《ようかい》ウォッチ……」

ナツメはようやく落《お》ち着《つ》いて、改《あらた》めて自分《じぶん》の腕《うで》にはまったモノを見《み》つめた。

そこにウィスパーが駆《か》けつけ、ミツマタノヅチが消《き》えているのを見《み》て嬉《うれ》しそうに言《い》う。

「おおおっ！　ついに妖怪《ようかい》ウォッチが新《あら》たな所有者《しょゆうしゃ》を選《えら》びました！　パンパカパーンッ！

これで私《わたし》も使命《しめい》を果《は》たすことができましたでうぃ――っす！」

アキノリは、ウィスパーの姿《すがた》を見《み》ると、急《いそ》いで古文書《こもんじょ》をめくった。

「お前《まえ》は、もしかして、妖怪《ようかい》ウォッチを管理《かんり》するという白《しろ》いひつじ妖怪《ようかい》か⁉　メェ〜！」

「メェ〜！　いかにも私《わたし》がひつじ妖怪《ようかい》……だ――っ！　違《ちが》いますぅ！　ひつじではなくて、
執事《しつじ》ですぅ。このやり取《と》り、正直何度《しょうじきなんど》もやってるんで、いい加減《かげん》やめたいんですよぉ」

と言《い》いつつも、かしこまって胸《むね》の前《まえ》に手《て》をやると、いかにも執事《しつじ》らしく一礼《いちれい》した。

「さてと、気《き》を取《と》り直《なお》して。いかにも、わたくしはある偉《えら》い方《かた》より、妖怪《ようかい》ウォッチ全般《ぜんぱん》を
任《まか》されております、ウィスパーです」

ナツメは、ウィスパーとアキノリたちを交互《こうご》に見《み》た。

「ていうか、あなたたち、いきなり出《で》てきて、いったい誰《だれ》!?」

ウィスパーも、ナツメに調子《ちょうし》を合《あ》わせてアキノリとおばばに言《い》う。

「そうそう、誰《だれ》!?」

アキノリは、張《は》り切《き》って自己紹介《じこしょうかい》をした。

「俺《おれ》は有星《ありほし》アキノリ、こっちはおばば。俺《おれ》たちは代々妖術《だいだいようじゅつ》を受《う》け継《つ》ぐ『有星《ありほし》』の一族《いちぞく》で、ちょうど妖怪《ようかい》ウォッチを探《さが》していたところなんだ」

「なんと!　妖怪《ようかい》ウォッチを探《さが》していたですと!?」

興奮《こうふん》するウィスパーを無視《むし》して、アキノリはナツメを見《み》た。

「えーっと、君《きみ》は……」

ナツメは妖怪《ようかい》ウォッチを外《はず》しながら、やる気《き》なく自己紹介《じこしょうかい》をした。

「はいはい、天野《あまの》ナツメでーす」

「ナツメさん、よろしく」

と、握手《あくしゅ》をしようとするアキノリに、ナツメは手《て》ではなく妖怪《ようかい》ウォッチを差《さ》し出《だ》した。

「じゃあ、これ渡《わた》す。私《わたし》、関係《かんけい》ないから」

そう言《い》うと、ナツメは、みんなを置《お》いてさっさと歩《ある》き始《はじ》めた。

「えっ⁉　なんで？　いいの⁉」

アキノリが喜《よろこ》んでウォッチをつけようとすると、ウォッチが勝手《かって》にアキノリの腕《うで》から外《はず》れた。それをキャッチしたウィスパーが、叫《さけ》びながらナツメを追《お》う。

「妖怪《ようかい》ウォッチは、認《みと》められた所有者《しょゆうしゃ》でなければつけることができないのですぅ！　あなたには妖怪《ようかい》ウォッチを使《つか》って世界《せかい》を救《すく》ってもらわねばなりません」

「ええっ？」

「妖怪《ようかい》ウォッチは、人《ひと》と妖怪《ようかい》をつなぐ絆《きずな》。今《いま》こそ、妖怪《ようかい》たちの力《ちから》を借《か》りて、世界《せかい》に迫《せま》る危《き》機《き》を迎《むか》え撃《う》つのです」

「どういうことかさっぱりわからないんですけど」

「聞《き》いたことありませんか。ハルマゲドンとか、恐怖《きょうふ》の大王《だいおう》とか」

「私《わたし》、そういうの信《しん》じないんで」

「あなたが信《しん》じるとか信《しん》じないとかそういう問題《もんだい》ではないのです。危険《きけん》は確実《かくじつ》に近《ちか》づいています！　何《なに》もしなければ人間《にんげん》は滅《ほろ》んでしまうのですよ！」

「危険《きけん》……？　何《なに》が近《ちか》づいているっていうの？」

「ええと、ええと……」

ウィスパーは『妖怪《ようかい》パッド』と呼《よ》ばれるタブレットを出《だ》して調《しら》べ始《はじ》めた。すると、話《はなし》を聞《き》いていたおばばがナツメのもとへやって来《き》た。

「わしが説明《せつめい》しよう。その名《な》を『鬼《おに》まろ』という」

「鬼《おに》まろ……？」

ナツメは聞《き》いたことのない言葉《ことば》に首《くび》を傾《かし》げた。

「それ自体《じたい》は弱《よわ》い存在《そんざい》なのだが、人《ひと》の悪意《あくい》を食《く》らって侵食《しんしょく》し、その人間《にんげん》を怪物《かいぶつ》に変貌《へんぼう》させる恐《おそ》ろしい妖怪《ようかい》じゃ」

「そうそう、それです！」

ウィスパーは得意《とくい》げに人差《ひとさ》し指《ゆび》を立《た》てた。おばばは続《つづ》ける。

「鬼《おに》まろが人間《にんげん》の世界《せかい》にまん延《えん》する前《まえ》に止《と》めねばならん」

「うぃっす！」

「……意《い》味《み》がわかんない！」

「意《い》味《み》が分《わ》かろうと分《わ》かるまいと、今《いま》のあなたはまさに救世主的《きゅうせいしゅてき》な存在《そんざい》なのですよ、ハイ」

ウィスパーの言葉《ことば》にアキノリも続《つづ》く。

「そうだよ。君《きみ》だけが妖怪《ようかい》ウォッチを使《つか》えるってことは、今世界《いませかい》を救《すく》えるのは君《きみ》だけだってことなんだ！　やるしかない、やろうよ！」

「え――――」

ゲンナリするナツメに、アキノリは地団駄《じだんだ》を踏《ふ》んだ。

「なんで嫌《いや》がるんだよ！　すごいことなのにっ！　俺《おれ》がやりたいくらいなのにっ！　羨《うらや》ましすぎるじゃんか～！」

「……無理《むり》だ。この人《ひと》たちと話《はなし》、通《つう》じない。ごめんなさい、私《わたし》もう帰《かえ》る」

そう言《い》うと、ナツメはまたスタスタと歩《ある》き始《はじ》めた。

「あーあー待《ま》ってください！」

慌《あわ》ててナツメを追《お》いかけようとしたウィスパーだったが、聞《き》き覚《おぼ》えのある声《こえ》にピタリと止《と》まる。

「ウィスパー！」

テレパシーで語《かた》りかけてきたのは、妖魔界《ようまかい》のエンマ大王《だいおう》だ。

「鬼《おに》まろたちは、すでに鬼眼《きがん》ギアの所有者《しょゆうしゃ》を選《えら》んだようだ。こちらもグズグズしていられないぞ」

「は、はいっ！　わかりましたでうぃっす！」

町《まち》の上空《じょうくう》では、どす黒《ぐろ》く渦《うず》を巻《ま》く月《つき》が赤《あか》い光《ひかり》を帯《お》び、ひときわ大《おお》きくなっていた。

9　正義《せいぎ》のヒーロー風《ふう》!?　ミッチー登場《とうじょう》！

夕方《ゆうがた》、ナツメはようやく帰宅《きたく》した。

(今日《きょう》はどうかしてるんだわ。全部《ぜんぶ》、幻覚《げんかく》とか幻聴《げんちょう》とか、そういうことなんだよね、きっと……)

リビングに入《はい》ると、ものすごい勢《いきお》いでおやつをむさぼっていた弟《おとうと》のケースケが振《ふ》り返《かえ》った。

「!!」

その顔《かお》を見《み》て、ナツメは思考《しこう》が停止《ていし》した……。

さらに、ケースケのもとにクッキーを運《はこ》んできた母《はは》の顔《かお》もいつもと違《ちが》う。ナツメは、思《おも》わずのけぞって壁《かべ》にぶつかって転《ころ》んでしまう。ふたりが、じりじりと迫《せま》ってくる。

「え……?　えっ?　お母《かあ》さん!　ケースケ!」

「ぐるるるる……」

ふたりは、角《つの》をナツメの方《ほう》に向《む》け、よだれを垂《た》らしながら奇妙《きみょう》なうなり声《ごえ》を上《あ》げた。そう、ふたりともカオデカ鬼《おに》になってしまっていたのだ!

カオデカ鬼《おに》たちは、雄叫《おたけ》びとともにナツメに襲《おそ》いかかってきた。

「ひぇえええ――――っ！」

悲鳴《ひめい》を上《あ》げて外《そと》に飛《と》び出《だ》したナツメを、2匹《ひき》のカオデカ鬼《おに》が追《お》ってくる。ケースケが飛《と》んできてコートに噛《か》みつく！　引《ひ》っ張《ぱ》られた拍子《ひょうし》にナツメは転《ころ》んでしまい坂《さか》を転《ころ》がり落《お》ちる。その先《さき》で、別《べつ》のカオデカ鬼《おに》にぶつかってしまった！　ナツメは慌《あわ》てて立《た》ち上《あ》がり、かろうじて塀《へい》の隙間《すきま》に逃《に》げこんだ。しかし、母《はは》とケースケのカオデカ鬼《おに》が、塀《へい》をバキバキ壊《こわ》して追《お》いかけてきた。

「わわわっ！　なにこれ～～～っ！」

ナツメが逃《に》げこんだ先《さき》は、運悪《うんわる》く袋小路《ふくろこうじ》になっていた。2匹《ひき》は獲物《えもの》を追《お》い詰《つ》めるように、うなりながら近《ちか》づいてくる。

「ぐるるる……」

ナツメは、震《ふる》えながら言《い》った。

「こ、来《こ》ないで……」

そのとき、ナツメの頭上《ずじょう》に白《しろ》っぽい影《かげ》が現《あらわ》れた。ウィスパーだ！

「ナツメさーん！　ほいっと！」

ウィスパーは空中《くうちゅう》から妖怪《ようかい》ウォッチを投《な》げた。妖怪《ようかい》ウォッチは、一瞬《いっしゅん》キラリときらめくと、ナツメの方《ほう》に飛《と》んでいき、その腕《うで》にはまった。

「妖怪《ようかい》ウォッチ……」

驚《おどろ》き戸惑《とまど》うナツメにウィスパーが叫《さけ》ぶ。

「右《みぎ》についているボタンを押《お》してみるでうぃっす！」

ナツメは急《いそ》いでボタンを押《お》した。すると、ウォッチのライトがつき、その光《ひかり》で2匹《ひき》のカオデカ鬼《おに》はひるんだ。光《ひかり》を通《とお》して、その体内《たいない》に小《ちい》さな鬼《おに》まろが見《み》える。

「これ、どういうこと!?」

そのとき、塀《へい》の上《うえ》からおばばの声《こえ》がした。

「邪悪《じゃあく》なものが取《と》り憑《つ》いておるのがわかるか？」

「！」

アキノリがおばばを背負《せお》い、塀《へい》の上《うえ》からジャンプしナツメの横《よこ》に着地《ちゃくち》した。

「鬼《おに》まろに取《と》り憑《つ》かれた者《もの》は、あのようになってしまうのじゃ」

「ナツメさん、今《いま》こそ、妖怪《ようかい》ウォッチを使《つか》うときですぞ！」

ウィスパーがおばばに続《つづ》いた。

「でも、どうするの？　もう一度《いちど》、さっきのやつ呼《よ》び出《だ》せばいいの？」

「でも、ひも爺《じい》だと、相手《あいて》を干《ひ》からびさせてしまうから、この人《ひと》たち死《し》んでしまうかも！」

アキノリが言《い》った。

「えっ！　それはダメ！」

「そうだ、さっき手《て》に入《い》れたこいつを！」

アキノリは、ナツメにアークを投《な》げた。

「ナツメさん！　そいつの名《な》はミツマタノヅチだ。それを召喚《しょうかん》してみて！」

ナツメは、ミツマタノヅチのアークを妖怪《ようかい》ウォッチにセットし、回転《かいてん》させる。

「召喚《しょうかん》！　私《わたし》のともだち！　出《で》てこいミツマタノヅチ！　……で、いいんだっけ？」

声《こえ》に反応《はんのう》し、ナツメの影《かげ》が伸《の》びていく。ナツメがウォッチをはめている手《て》を天《てん》に向《む》かって突《つ》き上《あ》げると、その影《かげ》が光《ひかり》に変《か》わった。そして、さっきナツメを襲《おそ》った3本首《ぼんくび》のシルエットが現《あらわ》れた後《あと》、なぜかシルエットが徐々《じょじょ》に変形《へんけい》し、筋肉《きんにく》ムキムキのアメリカンヒーローのような妖怪《ようかい》が出現《しゅつげん》した！

「シュタッ！」

ミツマタノヅチから派生《はせい》したムキムキマンがナツメたちの前《まえ》に降《お》り立《た》った。ナツメもおばばもアキノリも、驚《おどろ》いてしばし声《こえ》を失《うしな》う……これが、あのミツマタノヅチ⁉

「なんかさっきと違《ちが》う……」

そう突《つ》っ込《こ》むナツメに、ミツマタノヅチは言《い》う。

「私《わたし》がミツマタノヅチだ！　まあ、長《なが》いのでこのスタイルのときは、気軽《きがる》に『ミッチー』とでも呼《よ》んでくれ！　シュタッ！」

一同《いちどう》の目《め》が点《てん》になる中《なか》、ミッチーはかっこよくポーズをキメた。よく見《み》ると、ひとつ目《め》だし、ムキムキの両肩《りょうかた》にあるプロテクタからは長《なが》い舌《した》が出《で》ていて、かろうじてミツマタノヅチっぽい雰囲気《ふんいき》が残《のこ》っている。

ナツメはとにかくミッチーに頼《たの》んでみることにした。

「ミッチー、あれはお母《かあ》さんと弟《おとうと》なの！　ふたりにこんなことやめさせて！　お願《ねが》い、ミッチー！」

「お安《やす》い御用《ごよう》だ」

ミッチーは、ボディビルダーのように上半身《じょうはんしん》だけを敵《てき》の方《ほう》にぐっとひねると、光線《こうせん》を発《はっ》射《しゃ》！

「ミッチービーーーームッ！」

すると、光線《こうせん》を浴《あ》びたカオデカ鬼《おに》たちは、一瞬《いっしゅん》で石《いし》になった。

「処理完了《しょりかんりょう》！　シュタッ！」

ミッチーはヒーロー風《ふう》のポーズをキメた。

「お母《かあ》さん、ケースケ！」

ナツメは、石像《せきぞう》に駆《か》け寄《よ》った。

「なるほど、石化《せっか》しちゃったわけですね。でも、これなら、とうぶん害《がい》はなさそうですねえ」

ウィスパーが、石《いし》になった2体《たい》のカオデカ鬼《おに》を見《み》て言《い》った。一方《いっぽう》、アキノリは3本首《ぼんくび》の妖怪《ようかい》ミツマタノヅチがヒーロー風妖怪《ふうようかい》になったことを不思議《ふしぎ》に思《おも》い、ミッチーに尋《たず》ねる。

「召喚《しょうかん》すると、こんなに変《か》わるものなの？」

「いや、いろいろだ。私《わたし》の場合《ばあい》はこのような形態《けいたい》となる。魔獣系妖怪《まじゅうけいようかい》をやっていると、このようなアクティブな人型《ひとがた》タイプに憧《あこが》れるものだ。ハハハッ！」

ミッチーはヒーロー風《ふう》に笑《わら》うと、かっこよくポーズをキメて別《わか》れの挨拶《あいさつ》をした。

「じゃあな！　シュタッ！」

10　ナツメの決意《けつい》

町《まち》の大《おお》きな公園《こうえん》の東屋《あずまや》に、ナツメたちはひとまず避難《ひなん》した。

ナツメは石《いし》になってしまった母《はは》と弟《おとうと》を見《み》つめ、がっくりと肩《かた》を落《お》とした。

「お母《かあ》さん、ケースケ、どうしちゃったの……ねえ、これからどうすればいいの？」

ナツメの問《と》いに、おばばは首《くび》を横《よこ》に振《ふ》った。

「気《き》の毒《どく》じゃが、鬼《おに》まろに取《と》り憑《つ》かれた者《もの》を救《すく》う方法《ほうほう》はわしらにはわからん……」

「そんな……」

「しかし、これでわかったじゃろう。これは世界《せかい》の危機《きき》なのじゃ」

おばばの言葉《ことば》にアキノリが続《つづ》く。

「みんなを救《すく》うには、妖怪《ようかい》たちを仲間《なかま》にして、すべての鬼《おに》まろを駆除《くじょ》するしかないんだ！」

ウィスパーもナツメに迫《せま》る。

「そういうことでうぃっす。だから、ナツメさんもいっしょに戦《たたか》うでうぃっす」

ナツメは石像《せきぞう》を見《み》た。大《おお》きな口《くち》を開《あ》けたまま石《いし》になってしまった母《はは》が、助《たす》けてくれと言《い》っているように感《かん》じた。ナツメは、キリッとした表情《ひょうじょう》でみんなを見《み》た。

「……わかった。やってみるよ」

ウィスパーが大《おお》げさに喜《よろこ》んでナツメの両手《りょうて》を握《にぎ》りブンブンと振《ふ》った。

「ありがとうございます!!」

ナツメはウィスパーの手《て》を振《ふ》りほどくと、ため息《いき》をついた。

「はぁ、なんでこんなことになったんだろ……」

上空《じょうくう》からすべてを見届《みとど》けていたエンマ大王《だいおう》がニヤリと笑《わら》い、顔《かお》を上《あ》げた。横《よこ》についていたぬらりひょんが口《くち》を開《ひら》く。

「あれが、妖怪《ようかい》ウォッチが選《えら》んだ少女《しょうじょ》ですか」

「ああ。しかし、よりによってあの子《こ》が選《えら》ばれるとはな」

「はい」

「ぬらり、鬼《おに》まろは確《たし》かに面倒《めんどう》だが、鬼《おに》まろが現《あらわ》れるとき、それ以上《いじょう》にやっかいなものがよみがえる」

「鬼王《におう》・羅仙《らせん》……ですね」

「鬼《おに》まろが集《あつ》めた『悪意《あくい》』を食《く》らい、その力《ちから》を増《ま》す、恐《おそ》ろしい鬼《おに》の中《なか》の王《おう》だ。妖怪史上最《ようかいしじょうさい》悪《あく》の敵《てき》といえる……」

エンマ大王《だいおう》ははるか上空《じょうくう》を見上《みあ》げた。ぬらりひょんも同《おな》じ方向《ほうこう》を見《み》る。大《おお》きさを増《ま》す不気味《ぶきみ》な月《つき》が渦巻《うずま》いているのが見《み》える。

エンマ大王《だいおう》は渦巻《うずま》く月《つき》をキッとにらみつけた。

「今《いま》は急《いそ》ぐぞ！『幻夢洞窟《げんむどうくつ》』に!!」

「はっ」

ふたりは一瞬《いっしゅん》で姿《すがた》を消《け》した。

11 巨大化《きょだいか》する鬼《おに》まろ軍団《ぐんだん》！

トウマは、元町商店街《もとまちしょうてんがい》の一番奥《いちばんおく》に陣取《じんど》り、台《だい》の上《うえ》で足《あし》を組《く》んで座《すわ》っている。その左腕《ひだりうで》には、鬼眼《きがん》ギアが食《く》い込《こ》むようにしっかりと巻《ま》きつき、周《まわ》りには、オグ・トグ・モグをはじめ、多《おお》くの鬼《おに》まろが飛《と》び交《か》っている。さらに、トウマの前《まえ》には、たくさんのカオデカ鬼《おに》が従《したが》うように集結《しゅうけつ》していた。

トウマの体内《たいない》で、鬼《おに》まろリーダーの声《こえ》が響《ひび》く。

「トウマよ……どうだ、今《いま》やみんなが、お前《まえ》を認《みと》め始《はじ》めているぞ」

「ああ」

「だがこれで満足《まんぞく》していてはダメだ。今《いま》よりももっと、お前《まえ》の存在《そんざい》を知《し》らしめてやるんだ」

「僕《ぼく》の存在《そんざい》を、知《し》らしめる……」

トウマは鋭《するど》い目《め》つきで正面《しょうめん》を見据《みす》えた。鬼《おに》まろリーダーは、鬼眼《きがん》ギアから体《からだ》の一部《いちぶ》を出《しゅつ》現《げん》させると、トウマの耳元《みみもと》で囁《ささや》く。

「まずは、人《ひと》に新《あら》たな『秩序《ちつじょ》』を生《う》み出《だ》してやるというのはどうだ？」

鬼《おに》まろリーダーの声《こえ》に導《みちび》かれるように、トウマは立《た》ち上《あ》がった。

カオデカ鬼《おに》たちを引《ひ》き連《つ》れ、トウマは、元町警察署《もとまちけいさつしょ》を襲撃《しゅうげき》した。そして、ものの数分《すうふん》ですべてを破壊《はかい》すると警官《けいかん》の制服《せいふく》を着《き》たたくさんのカオデカ鬼《おに》を連《つ》れて警察署《けいさつしょ》を出《で》てきた。

そして、ゾッとするような笑《え》みを浮《う》かべた。

「ミッション コンプリート」

いつの間《ま》にか、トウマは、とんでもない数《かず》のカオデカ鬼《おに》の集団《しゅうだん》を引《ひ》き連《つ》れて町《まち》を歩《ある》いていた。ザッザッザッと、カオデカ鬼《おに》たちの足音《あしおと》が響《ひび》く。トウマは嬉《うれ》しくてしかたなかった。みんなが僕《ぼく》に従《したが》っている。僕《ぼく》を認《みと》めている。みんな、僕《ぼく》の思《おも》い通《どお》りだ！

トウマは鬼《おに》まろと同《おな》じようにあくどい顔《かお》でほくそ笑《え》んだ。

「ククク、僕《ぼく》はここにいる。僕《ぼく》が世界《せかい》に影響《えいきょう》を与《あた》えている。もう僕《ぼく》は影《かげ》じゃないんだ！」

鬼眼《きがん》ギアがさらに深《ふか》くトウマの腕《うで》に食《く》いこみ、その痛《いた》みにトウマは顔《かお》をしかめる。心《こころ》を闇《やみ》に捕《と》らわれれば捕《と》らわれるほど、鬼眼《きがん》ギアは、装着《そうちゃく》した者《もの》と一体化《いったいか》していき、トウマの心《こころ》は、どんどんむしばまれていくのであった……。

「なんと！　大変《たいへん》じゃ。ものすごい勢《いきお》いで鬼《おに》まろが増殖《ぞうしょく》しておる。急《いそ》がねば町全体《まちぜんたい》が食《く》われるぞ」

さくら元町《もとまち》の公園《こうえん》で、赤《あか》い点《てん》が増《ふ》え続《つづ》ける妖魔《ようま》レーダーを見《み》ておばばは深刻《しんこく》な顔《かお》をした。

アキノリが、画面《がめん》の大《おお》きな点《てん》を指差《ゆびさ》す。

「この大《おお》きい点《てん》は何《なに》かな？」

「それは恐《おそ》らく、鬼《おに》まろの『リーダー』じゃ。そいつが鬼《おに》まろを組織的《そしきてき》に動《うご》かし増殖《ぞうしょく》させておるようじゃな」

話《はなし》を聞《き》いていたナツメが言《い》う。

「じゃあ、そのリーダーを倒《たお》せば……」

「馬鹿《ばか》を言《い》うでない。鬼《おに》まろに憑《つ》かれた者《もの》を1体倒《たいたお》すこともままならんのに」

「なら、どうすれば……？」

「妖怪《ようかい》ウォッチを使《つか》うのじゃ。それで、強力《きょうりょく》な妖怪《ようかい》を呼《よ》び出《だ》して戦《たたか》えば、勝《か》てるかもしれんぞ」

そこで、ナツメはミッチーとひも爺《じい》を召喚《しょうかん》した。ふたりは、それぞれ石化《せっか》と干《ひ》からびの技《わざ》を披露《ひろう》するが、ミッチーが格好《かっこう》つけて残念《ざんねん》なことをつけたす。

「言《い》っておくが、私《わたし》の石化《せっか》は、格《かく》の高《たか》い敵《てき》には効《き》かないぞ！　ボスクラスなど、とうてい無理《むり》だな。シュタッ！」

「すでに無理《むり》アピール!?」

あきれるナツメにおばばが付《つ》け加《くわ》えた。

「確《たし》かに、こやつらのランクでは、鬼《おに》まろの力《ちから》には及《およ》ばぬ。戦闘型《せんとうがた》の強力《きょうりょく》な妖怪《ようかい》がいればいいのじゃが……」

「しかたありませんねー」

話《はなし》を聞《き》いていたウィスパーが前《まえ》に出《で》た。

「!?」

ウィスパーは、腕組《うでぐ》みをして何《なに》かを考《かんが》えるように行《い》ったり来《き》たりしながら話《はな》す。

「あまり会《あ》いたくはありませんでしたが、知《し》り合《あ》いの妖怪《ようかい》のところに行《い》ってみますか。さて、『ジバニャン』は今《いま》どうしているんでしょうかねぇ」

その妖怪《ようかい》の名前《なまえ》におばばが反応《はんのう》した。

「なにっ⁉　ジバニャンじゃと⁉　おぬし、数々《かずかず》の大妖魔《だいようま》を倒《たお》したといわれる伝説《でんせつ》の猫妖《ねこよう》怪《かい》、ジバニャンと知《し》り合《あ》いなのか⁉」

「伝説《でんせつ》……？　ね、猫《ねこ》？　ジバ……？」

ナツメは不安《ふあん》げに首《くび》を傾《かし》げた。

12　ジバニャン登場《とうじょう》！

時刻《じこく》は夕方《ゆうがた》の5時《じ》過《す》ぎ。

日暮《ひぐ》れの少《すこ》し前《まえ》に、ナツメたちは、車《くるま》の往来《おうらい》が激《はげ》しい大《おお》きな交差点《こうさてん》に到着《とうちゃく》した。伝説《でんせつ》の猫妖怪《ねこようかい》ジバニャンが出《で》るというさくら元町《もとまち》の交差点《こうさてん》だ。

「ここって『魔《ま》の交差点《こうさてん》』と呼《よ》ばれているところだよね」

「よく聞《き》くよね。事故《じこ》が多《おお》い、『呪《のろ》われた交差点《こうさてん》』ってやつね」

アキノリとナツメの会話《かいわ》におばばがうなずいた。

「いかにも。ただし、起《お》きる事故《じこ》は、たまにトラックがペシャンコにされるという変《か》わった事故《じこ》じゃがな」

「えーっ、トラックの方《ほう》!?」

そう、この交差点《こうさてん》で事故《じこ》に遭《あ》うのは、通行人《つうこうにん》でも通《とお》りすがりの野良猫《のらねこ》でもなく、スピードを出《だ》して交差点《こうさてん》に入《はい》って来《く》るトラックの方《ほう》である。しかも、巨大《きょだい》な猫《ねこ》のような影《かげ》を見《み》たという目撃談《もくげきだん》も後《あと》をたたない。

「ジバニャンって、どんな妖怪《ようかい》なの？」

ナツメは不安《ふあん》そうにウィスパーに尋《たず》ねた。

「そうですねー、基本的《きほんてき》には赤《あか》いような……丸《まる》いような……」

キョロキョロと辺《あた》りを見回《みまわ》すウィスパーに、おばばが声《こえ》をひそめて言《い》った。

「いたぞ！」

そちらを見《み》ると、筋肉質《きんにくしつ》の大男《おおおとこ》のような巨大《きょだい》なシルエットがずんずんと二足歩行《にそくほこう》で近《ちか》づいてきている。

「え！　あれが……!?」

妖怪《ようかい》ウォッチで光《ひかり》を当《あ》てて見《み》ていたナツメが驚《おどろ》きの声《こえ》を上《あ》げた。そのとき、トラックが交差点《こうさてん》にさしかかった。巨大《きょだい》な猫妖怪《ねこようかい》は、怒《いか》りに燃《も》えるように赤《あか》い毛《け》を逆立《さかだ》てて、

「ニュウー――――ンッ！」

と、一鳴《ひとな》きしてトラックめがけてジャンプした。そして空中《くうちゅう》で一回転《いっかいてん》すると、凶暴《きょうぼう》な顔《かお》でトラックの荷台《にだい》に突《つ》っ込《こ》み、一撃《いちげき》で潰《つぶ》してしまった。運転手《うんてんしゅ》が走《はし》って逃《に》げていく。

その勢《いきお》いのままに、今度《こんど》はジバニャンがナツメたちの前《まえ》に現《あらわ》れた！

「シャーッ！」

恐《おそ》ろしい顔《かお》で威嚇《いかく》するジバニャンにナツメが悲鳴《ひめい》を上《あ》げる。

「きゃ――――っ！」

悲鳴《ひめい》を聞《き》きつけ、ミッチーがかっこよく登場《とうじょう》しポーズをキメた。

「待《ま》てー！　ナツメさんは私《わたし》がまも……」

と、言《い》い終《お》える前《まえ》に、ジバニャンの一撃《いちげき》でミッチーは空高《そらたか》く吹《ふ》っ飛《と》んでいった。

「はひーんっ！」

ジバニャンはナツメたちの前《まえ》に仁王立《におうだ》ちした。大《おお》きさはナツメたちの倍以上《ばいいじょう》、3メートルはあるだろう。逆立《さかだ》つ赤《あか》い毛《け》に、黄色《きいろ》い腹巻《はらまき》、二股《ふたまた》に分《わ》かれた尻尾《しっぽ》の先《さき》には青《あお》い炎《ほのお》がメラメラと燃《も》えている。

「お前《まえ》らはなんだぁあ……」

ジバニャンの恐《おそ》ろしい姿《すがた》を見《み》て、アキノリは脂汗《あぶらあせ》をかいてつぶやく。

「これがジバニャン……!?　かなり、やばそう」

「あら～だいぶ変《か》わっちゃってますね。私《わたし》の知《し》ってるのと」

ウィスパーは昔《むかし》よりもはるかにどう猛《もう》で恐《おそ》ろしい妖怪《ようかい》になっているジバニャンを見《み》て、困《こま》ったように言《い》った。ナツメは、勇気《ゆうき》を出《だ》してジバニャンの方《ほう》へ一歩《いっぽ》歩《あゆ》み出《で》た。

「ジバニャン、鬼《おに》まろっていう悪《わる》い妖怪《ようかい》が町《まち》を占領《せんりょう》しようとしているの。お願《ねが》い、一緒《いっしょ》に戦《たたか》って！」

「オレさまには関係《かんけい》ない」

「そこをなんとかお願《ねが》いします！」

アキノリも前《まえ》へ出《で》た。

「では、取引《とりひき》だ……」

そう言《い》うと、ジバニャンは鋭《するど》い爪《つめ》のある指《ゆび》を2本《ほん》、ビシッと立《た》てた。

「チョコを2トンほどいただこう」

「2トン!?」

「そんなにあるわけないじゃん！」

「ならば、交渉決裂《こうしょうけつれつ》だ！」

ジバニャンは近《ちか》くにあったトラックのタイヤを思《おも》いきり蹴飛《けと》ばした。タイヤは勢《いきお》いよく飛《と》んでいき、子猫《こねこ》に当《あ》たりそうになる。子猫《こねこ》はタイヤを避《よ》け、車道《しゃどう》に飛《と》び出《だ》した。

「あっ！」

子猫《こねこ》に気《き》づいたナツメは、とっさに車道《しゃどう》へと走《はし》り出《だ》し、子猫《こねこ》を抱《かか》え上《あ》げると歩道《ほどう》に避難《ひなん》しようとした。しかし、ナツメにいきなり抱《だ》かれ驚《おどろ》いた子猫《こねこ》が、ナツメの腕《うで》の中《なか》で暴《あば》れ、焦《あせ》ったナツメは尻餅《しりもち》をついてしまった。そこへ、トラックが突《つ》っ込《こ》んでくる！

ミッチーが戻《もど》って来《き》て、ナツメを守《まも》ろうとトラックの前《まえ》に立《た》ちふさがるが——、

「ナツメさんは私《わたし》がまも……！」

と、またも言《い》い終《お》わらないうちにあっさりとトラックに弾《はじ》き飛《と》ばされた。

「はひーんっ！」

トラックはナツメのすぐ近《ちか》くまで迫《せま》っている。ナツメはぎゅっと子猫《こねこ》を抱《だ》きしめた。

そのとき、ジバニャンがジャンプして、ものすごい勢《いきお》いで宙《ちゅう》を回転《かいてん》、トラックに一撃《いちげき》を食《く》らわせた！　間一髪《かんいっぱつ》、ナツメと子猫《こねこ》は助《たす》かった。

「ふう、よかったね、猫《ねこ》ちゃん……」

ナツメの温《あたた》かい腕《うで》の中《なか》で、子猫《こねこ》は小《ちい》さくミャーと鳴《な》いた。その様子《ようす》を見《み》ていたジバニャンの体《からだ》からじょじょに怒《いか》りのオーラが消《き》えていく。逆立《さかだ》っていた毛《け》は落《お》ち着《つ》き、どう猛《もう》な顔《かお》も丸《まる》くなって、体《からだ》のサイズもぐんぐん小《ちい》さくなっていく。戦闘《せんとう》モードの〝シャドウサイド〟から、普段《ふだん》の姿《すがた》の〝ライトサイド〟へと戻《もど》ったのだ。

ナツメはジバニャンを振《ふ》り返《かえ》った。

「ありがとう、ジバニャン！」

ジバニャンは、子猫《こねこ》を膝《ひざ》に乗《の》せて笑顔《えがお》を見《み》せるナツメを見《み》て、少《すこ》し考《かんが》えてから言《い》った。

「ふーん、仕方《しかた》にゃい。おまえらに力《ちから》を貸《か》してやるニャン」

「ほんと!?」

こうして、伝説《でんせつ》の猫妖怪《ねこようかい》・ジバニャンがナツメたちの仲間《なかま》になった！

13 エンマ大王《だいおう》VS《バーサス》蛇王《じゃおう》カイラ

ここは、妖魔界《ようまかい》にある幻夢洞窟《げんむどうくつ》。とがった岩《いわ》が天井《てんじょう》から垂《た》れ下《さ》がり、訪《おとず》れる者《もの》を見張《みは》る目玉《めだま》のように丸《まる》い紫水晶《むらさきすいしょう》が光《ひか》っている。

幻想的《げんそうてき》な空間《くうかん》を突《つ》き進《すす》むエンマ大王《だいおう》に、ぬらりひょんが尋《たず》ねる。

「この幻夢洞窟《げんむどうくつ》にいったい何《なに》があるというのです？」

「『フドウ雷鳴剣《らいめいけん》』を手《て》に入《い》れる！」

「まさか⁉　フドウ雷鳴剣《らいめいけん》で羅仙《らせん》を討《う》つというのですか」

驚《おどろ》くぬらりひょんに、エンマ大王《だいおう》は短《みじか》く答《こた》えた。

「そうだ」

「しかし、フドウ雷鳴剣《らいめいけん》は妖魔界《ようまかい》の最高賢者《さいこうけんじゃ》たちが、決死《けっし》の妖力《ようりょく》によって封印《ふういん》した剣《けん》。大《だい》王様《おうさま》とはいえ、解放《かいほう》すればただでは済《す》みませぬぞ」

「鬼王《おにおう》・羅仙《らせん》の復活《ふっかつ》は、人間《にんげん》と妖怪《ようかい》、すべての滅亡《めつぼう》の危機《きき》なのだ。どんなリスクを冒《おか》そうと守《まも》らねばならん。たとえ、この身《み》がどうなろうともな……」

「大王様《だいおうさま》……」

エンマ大王《だいおう》の射貫《いぬ》くような目《め》に、ぬらりひょんはその覚悟《かくご》を見《み》て取《と》った。

しかし、そこに予期《よき》せぬ者《もの》が現《あらわ》れた。エンマ大王《だいおう》から妖魔界《ようまかい》の大王《だいおう》の座《ざ》を奪《うば》った蛇王《じゃおう》カイラが、彼《かれ》らを追《お》ってきたのだ。

「エンマ、フドウ雷鳴剣《らいめいけん》を手《て》に入《い》れるつもりか？」

「さあ、どうかなあ」

「残念《ざんねん》だが、剣《けん》は私《わたし》がいただく」

「大王《だいおう》の座《ざ》をエンマ様《さま》から奪《うば》った上《うえ》に、まだ我々《われわれ》の邪魔《じゃま》をするか！」

ぬらりひょんはエンマ大王《だいおう》をかばうように前《まえ》へ出《で》た。エンマ大王《だいおう》は手《て》で制《せい》すると、静《しず》かに、だが威厳《いげん》のある口調《くちょう》で言《い》う。

「カイラ、お前《まえ》もわかっていよう。羅仙《らせん》は世界《せかい》を破壊《はかい》するぞ」

「フドウ雷鳴剣《らいめいけん》があれば、羅仙《らせん》を制御《せいぎょ》することができる」

カイラは武器《ぶき》である『蛇王剣《じゃおうけん》』を突《つ》き出《だ》した。エンマ大王《だいおう》はきっぱりと言《い》う。

「奴《やつ》の力《ちから》を利用《りよう》することなどできぬ！」

「そうかな」

カイラは、高《たか》く飛《と》び上《あ》がると、いきなりエンマ大王《だいおう》に斬《き》りかかってきた。エンマ大王《だいおう》は素早《すばや》く身構《みがま》え、虚空《こくう》から光《ひか》り輝《かが》く『エンマブレード』を出現《しゅつげん》させると、カイラの剣《けん》を受けた。

剣《けん》と剣《けん》とがぶつかり合《あ》う音《おと》が洞窟内《どうくつない》に響《ひび》き渡《わた》る。カイラはさらに妖術《ようじゅつ》を使《つか》い、手《て》のひらから蛇《へび》を出現《しゅつげん》させると、エンマ大王《だいおう》に襲《おそ》いかからせた。エンマ大王《だいおう》は、次々《つぎつぎ》と蛇《へび》を斬《き》るが、ついに捕《つか》まり巻《ま》きつかれてしまった。

「大王様《だいおうさま》！」

助太刀《すけだち》しようとするぬらりひょんを、エンマ大王《だいおう》は再《ふたた》び制《せい》する。

「手《て》を出《だ》すな、ぬらり！」

ぬらりひょんは、ぐっとこらえて一歩《いっぽ》引《ひ》き下《さ》がる。

そう、これは、妖魔界《ようまかい》の大王《だいおう》であるエンマとそのライバル、カイラの真剣勝負《しんけんしょうぶ》。いつかは剣《けん》を交《まじ》える宿命《しゅくめい》にあったのだとすれば、今《いま》がそのときなのだと、エンマ大王《だいおう》は覚悟《かくご》を決《き》めた。

「お前《まえ》とは決着《けっちゃく》をつけねばならんと思《おも》っていた」

エンマ大王《だいおう》は炎《ほのお》のようなすさまじいエネルギーを放出《ほうしゅつ》し、体《からだ》に巻《ま》きつく蛇《へび》を蹴散《けち》らした！

カイラは、剣《けん》をまっすぐに持《も》ち突進《とっしん》してくる。天井《てんじょう》の高《たか》い洞窟《どうくつ》に剣《けん》を交《まじ》える音《おと》が再《ふたた》び響《ひび》き、その戦《たたか》いの激《はげ》しさ、そしてふたりの想《おも》いの激《はげ》しさを物語《ものがた》るように、互《たが》いの剣《けん》から火花《ひばな》が散《ち》る！

カイラは、ありったけの憎《にく》しみと悔《くや》しさを込《こ》めてエンマ大王《だいおう》に剣《けん》を振《ふ》るう。幼《おさな》いときから同世代《どうせだい》のふたりはいつも比《くら》べられていた。みんなからちやほやされていたエンマ大王《だいおう》が憎《にく》かった。同《おな》じことをしても、いや、どんなに頑張《がんば》ったところでカイラはいつもエンマ大王《だいおう》の影《かげ》でしかなかった。誰《だれ》も自分《じぶん》のことなど見《み》てはくれなかった。

カイラは、エンマ大王《だいおう》をにらみつけ顔《かお》をゆがめた。

「常《つね》に私《わたし》の邪魔《じゃま》をしおって！　お前《まえ》さえいなければ、私《わたし》は『王《おう》』として認《みと》められるのだ」

「お前《まえ》が本当《ほんとう》の王《おう》になれないのは俺《おれ》がいるからではない。なぜそれがわからない！」

「ほざけ――――っ！」

ふたりの戦《たたか》いは、どんどん激《はげ》しさを増《ま》していった。

第《だい》3章《しょう》　少年《しょうねん》を救《すく》え

14　トウマとの直接対決《ちょくせつたいけつ》

幻夢洞窟《げんむどうくつ》で、エンマとカイラが激《はげ》しい戦《たたか》いを繰《く》り広《ひろ》げていたころ、上空《じょうくう》の渦巻《うずま》きの月《つき》はさらに大《おお》きくなり、地球《ちきゅう》に迫《せま》っていた。

地上《ちじょう》では、トウマたちの鬼《おに》まろ軍団《ぐんだん》が、町《まち》の中心部《ちゅうしんぶ》にあるさくらビジネスセンタービルを占拠《せんきょ》し、基地《きち》にしていた。

最上階《さいじょうかい》のホールに作《つく》られた玉座《ぎょくざ》にトウマは魔王《まおう》のように座《すわ》っている。その周《まわ》りをオグ・トグ・モグが楽《たの》しそうに跳《は》ね回《まわ》っている。トウマは、古代《こだい》ギリシアの神殿《しんでん》のように円柱《えんちゅう》に囲《かこ》まれたホールの階段《かいだん》の上《うえ》から、付《つ》き従《したが》うたくさんのカオデカ鬼《おに》たちを見下《みお》ろして、大《おお》きな声《こえ》で笑《わら》った。

「ははははっ……皆《みな》、もっと働《はたら》け！　そして、僕《ぼく》に従《したが》う者《もの》たちをもっと増《ふ》やしてくるんだ！」

「ウォォォー！」

カオデカ鬼《おに》たちは、熱狂的《ねっきょうてき》な雄叫《おたけ》びで応《こた》える。

鬼《おに》まろリーダーがトウマの背後《はいご》に現《あらわ》れ、囁《ささや》く。

「そろそろ次《つぎ》のステップに移《うつ》るぞ」

「次《つぎ》？」

「空港《くうこう》を占拠《せんきょ》して、仲間《なかま》を世界《せかい》に飛《と》ばす」

「世界全体《せかいぜんたい》を支配《しはい》するつもりか……？」

「そうだ。面白《おもしろ》いだろ」

「確《たし》かに……」

トウマは、自分《じぶん》の左腕《ひだりうで》に食《く》いこんだ鬼眼《きがん》ギアを見《み》やると、不敵《ふてき》な笑《え》みを浮《う》かべて台座《だいざ》からゆっくりと腰《こし》を上《あ》げ、カオデカ鬼《おに》たちに向《む》かってその手《て》を振《ふ》り上《あ》げた。

「今《いま》すぐ空港《くうこう》を襲撃《しゅうげき》してこいっ！」

「ウォオォー！」

カオデカ鬼《おに》たちは、腕《うで》を突《つ》き上《あ》げて雄叫《おたけ》びを上《あ》げると、ドスドスと重《おも》たい足音《あしおと》を立《た》てながら一斉《いっせい》に出口《でぐち》に向《む》かって駆《か》けだした。

そのとき、トウマは今《いま》まで感《かん》じたことのない激《はげ》しい頭痛《ずつう》に襲《おそ》われた。鬼眼《きがん》ギアをしていない右手《みぎて》で頭《あたま》を押《お》さえ、その場《ば》に崩《くず》れる。

「ううっ……はあっ……」

苦《くる》しそうにうめくトウマの周《まわ》りを、鬼《おに》まろ3匹《びき》はオロオロと飛《と》び回《まわ》った。

「どうした？　トウマ」

「具合《ぐあい》でも悪《わる》いのか？？」

トウマはなんとか立《た》ち上《あ》がると、誰《だれ》もいなくなったホールを見《み》つめた。

「はぁはぁはぁ……革命《かくめい》が……革命《かくめい》が始《はじ》まる。世界《せかい》に僕《ぼく》の存在《そんざい》を示《しめ》す！」

鬼《おに》まろ3匹《びき》は、トウマを心配《しんぱい》そうに見《み》つめた。


一方《いっぽう》、ナツメたちは、アキノリの妖魔《ようま》レーダーをたよりにビジネスセンタービルに到着《とうちゃく》すると、なんとか入口《いりぐち》を突破《とっぱ》し、最上階《さいじょうかい》のホールにやって来《き》ていた。柱《はしら》の陰《かげ》から玉座《ぎょくざ》の様《よう》子《す》をうかがう。


「あれは……？」

ナツメは、恐《おそ》ろしい目《め》つきで玉座《ぎょくざ》に座《すわ》っているのがトウマだと気《き》づき、目《め》を見《み》開《ひら》いた。

「……トウマ君《くん》!?」

ジバニャンが目《め》を光《ひか》らせる。

「どうやら、あいつがリーダーのようだニャン」

「ウソでしょ!?」

「でも、あいつからはすさまじく悪《わる》い妖気《ようき》を感《かん》じるニャン。間違《まちが》いないニャン」

「トウマ君《くん》……」

心配《しんぱい》そうにトウマを見《み》つめるナツメに、ウィスパーが声《こえ》をかける。

「知《し》ってるのでうぃっすか？」

「うん、向《む》こうは憶《おぼ》えてくれているかはわからないけど……」

「あいつを殺《ころ》せば、鬼《おに》まろが広《ひろ》がるのを止《と》められるニャンね」

「殺《ころ》す⁉」

「確《たし》かに、一度《いちど》鬼《おに》まろに感染《かんせん》した者《もの》を救《すく》う術《すべ》は発見《はっけん》されておりません。鬼《おに》まろに支配《しはい》された者《もの》を止《と》めるには、殺《ころ》す以外《いがい》にありませんね」

「ダメダメ！　待《ま》ってよ！　絶対《ぜったい》になんか方法《ほうほう》があるはずよ！」

「そう言《い》われても他《ほか》に方法《ほうほう》がですねぇ」

「ぐるるる……」

ウィスパーとナツメが言《い》い合《あ》っているところに奇妙《きみょう》なうなり声《ごえ》が聞《き》こえてきた。

「え⁉」

いつの間《ま》にかナツメたちは、周囲《しゅうい》をカオデカ鬼《おに》たちに囲《かこ》まれていた。

「うわっ！　囲《かこ》まれてるー！」

さらに、玉座《ぎょくざ》から声《こえ》が聞《き》こえた。

「隠《かく》れてないで出《で》てきたらどうだい？」

ナツメは、柱《はしら》の陰《かげ》から出《で》て、赤《あか》い月《つき》を背負《せお》うように玉座《ぎょくざ》に座《すわ》るトウマを見《み》た。トウマは、ナツメを見《み》て驚《おどろ》いた顔《かお》をした。

「君《きみ》は……ここで何《なに》をしているんだ？」

「トウマ君《くん》こそ何《なに》をしているの！　こんなことをして、どうしちゃったの！」

ナツメは、幼《おさな》いときのトウマをよく憶《おぼ》えていた。ナツメが怪我《けが》をしたとき、ハンカチで膝《ひざ》を優《やさ》しく拭《ふ》いてくれたトウマ君《くん》。学校《がっこう》に迷《まよ》い込《こ》んだ子犬《こいぬ》を安全《あんぜん》なところに運《はこ》んでいたトウマ君《くん》。いつだって優《やさ》しい笑《え》みを浮《う》かべていた……なのに、今《いま》、玉座《ぎょくざ》にいるトウマ君《くん》は、まるで別人《べつじん》のようだ。あんなの、トウマ君《くん》じゃない！

ナツメは必死《ひっし》に訴《うった》える。

「トウマ君《くん》は、とっても優《やさ》しい人《ひと》だったじゃない！」

「僕《ぼく》が優《やさ》しいって……？　そんなこと、君《きみ》にわかるの？　僕《ぼく》のことなんて誰《だれ》も気《き》に留《と》めていない！　友達《ともだち》もいないし、父《とう》さんや母《かあ》さんだって、僕《ぼく》になんの興味《きょうみ》も持《も》っていないんだ。だから……だから……」

また頭痛《ずつう》がトウマを襲《おそ》った。その顔《かお》は奇妙《きみょう》にゆがむ。恐《おそ》ろしい顔《かお》をしたかと思《おも》うと、おとなしい少年《しょうねん》の顔《かお》に戻《もど》ったり、まるでトウマの体《からだ》の中《なか》で善悪《ぜんあく》が戦《たたか》っているようだ。しかし、最後《さいご》にトウマは不敵《ふてき》な笑《え》みを浮《う》かべて、鬼眼《きがん》ギアをナツメに見《み》せつけた。

「……だから、僕《ぼく》は、僕《ぼく》がいることを知《し》らしめてやるんだ！」

ウィスパーは鬼眼《きがん》ギアを見《み》て、急《いそ》いで妖怪《ようかい》パッドで調《しら》べた。

「ややや！　あれは!?　『鬼眼《きがん》ギア』!!　邪悪《じゃあく》な力《ちから》を操《あやつ》るウォッチですね」

「トウマ君《くん》、やめて！」

ナツメの願《ねが》いも虚《むな》しく、トウマは鬼眼《きがん》ギアを使《つか》ってカオデカ鬼《おに》たちに命令《めいれい》を下《くだ》した。

「そいつらも仲間《なかま》にしてしまえー！」

鬼眼《きがん》ギアの目《め》が光《ひか》ると、それに呼応《こおう》するようにカオデカ鬼《おに》たちの目《め》も怪《あや》しく光《ひか》り、一斉《いっせい》にナツメたちに襲《おそ》いかかってきた。

「ここはオレさまに任《まか》せるニャン！」

そう言《い》うと、ジバニャンはカオデカ鬼《おに》たちに立《た》ち向《む》かっていった！　ジバニャンの体《からだ》を青《あお》い炎《ほのお》が包《つつ》む。すると、交差点《こうさてん》の時《とき》と同《おな》じ、強《つよ》そうなシャドウサイドのジバニャンに変化《へんげ》した！

「はぁああっ!!」

ジバニャンは、『百猫烈弾《ひゃくねこれつだん》』と呼《よ》ばれる得意技《とくいわざ》を繰《く》り出《だ》す。無数《むすう》の肉球《にくきゅう》パンチがカオデカ鬼《おに》たちに襲《おそ》いかかる。カオデカ鬼《おに》たちは次々《つぎつぎ》にふっ飛《と》ばされ、あっという間《ま》に片《かた》づいてしまった。

ジバニャンは、ナツメとアキノリを両腕《りょううで》に抱《かか》え、玉座《ぎょくざ》の前《まえ》に飛《と》び降《お》りた。そして、ふたりを安全《あんぜん》な場所《ばしょ》に置《お》くと、今度《こんど》はトウマめがけて飛《と》びかかっていく。

「！」

オグ・トグ・モグは慌《あわ》ててトウマの陰《かげ》に隠《かく》れる。しかし、玉座《ぎょくざ》に座《すわ》るトウマは、微動《びどう》だにせず顔《かお》の前《まえ》で両腕《りょううで》をクロスさせ鬼眼《きがん》ギアを構《かま》えた。鬼眼《きがん》ギアから発生《はっせい》した邪悪《じゃあく》な妖気《ようき》が、トウマの両手《りょうて》を包《つつ》みこみ腕《うで》が膨《ふく》らむ。そして、ジバニャンのパンチをトウマは腕一本《うでいっぽん》で軽々《かるがる》と受《う》け止《と》めると不敵《ふてき》な笑《え》みを浮《う》かべ、座《すわ》ったままジバニャンを投《な》げ飛《と》ばしてしまった。

ジバニャンは、四《よ》つん這《ば》いになり闘牛《とうぎゅう》のように後《うし》ろ脚《あし》を蹴《け》り上《あ》げた。トウマが玉座《ぎょくざ》からジバニャンの前《まえ》に飛《と》び降《お》りてくる。互《たが》いに見合《みあ》った後《あと》、ジバニャンは高《たか》く飛《と》び上《あ》がると、トウマめがけてとがった爪《つめ》を振《ふ》りかざす！

「コノヤロー！」

だが、トウマの肥大《ひだい》した左《ひだり》の拳《こぶし》が一瞬早《いっしゅんはや》くジバニャンの腹《はら》にヒットした！　ジバニャンはホールを囲《かこ》む円柱《えんちゅう》に激突《げきとつ》し、大理石《だいりせき》にめり込《こ》む。

戦《たたか》いを見《み》ていたアキノリが、着物《きもの》の懐《ふところ》から何《なに》かを取《と》り出《だ》し、ナツメに渡《わた》した。

「ナツメさん、これを使《つか》って！」

「これは……？」

アキノリから渡《わた》された小《ちい》さな布包《ぬのづつ》みを開《ひら》くと、中《なか》に鍵型《かぎがた》のアークがひとつ入《はい》っていた。

「うちの蔵《くら》から持《も》ってきたいわゆる『蔵出《くらだ》し』ってやつだ。これで『キュウビ』を召喚《しょうかん》するんだ！」

「きゅうび？　わかった。やってみる！」

ナツメはさっそく妖怪《ようかい》ウォッチにキュウビのアークをセットした。光《ひか》り輝《かが》くウォッチを見《み》て、ウィスパーは興奮《こうふん》して思《おも》わず叫《さけ》んだ。

「おおおっ！　妖怪《ようかい》ウォッチV《バー》S《サス》鬼眼《きがん》ギアってわけですね！　ナツメさん、がんばってくださ〜い」

「行《い》くよ！　召喚《しょうかん》！　私《わたし》のともだち！　出《で》てこいキュウビ！」

ナツメが妖怪《ようかい》ウォッチを振《ふ》り上《あ》げると、光《ひかり》の中《なか》から9本《ほん》の尻尾《しっぽ》を持《も》つ大《おお》きなキツネの妖《よう》怪《かい》・キュウビが現《あらわ》れた。紫《むらさき》と黄金色《こがねいろ》の美《うつく》しい毛並《けな》みの大《おお》きなキツネの妖怪《ようかい》は、怒《いか》り狂《くる》った野獣《やじゅう》のようにトウマたちを見《み》てうなった。

「ぐるる……があああっ！」

キュウビは、トウマとジバニャンの間《あいだ》に入《はい》ると、トウマの肩《かた》に太《ふと》く鋭《するど》い爪《つめ》を突《つ》き立《た》てた！

「くっ！」

トウマは痛《いた》みに顔《かお》をしかめる。肥大化《ひだいか》した腕《うで》を動《うご》かすことができない。

「いいぞ！　さすがキュウビだ！」

喜《よろこ》ぶアキノリの横《よこ》で、ナツメは心配《しんぱい》そうにトウマを見守《みまも》った。戦《たたか》わなければならないのはわかる、でも、トウマ君《くん》を助《たす》けたい……。

トウマはナツメの心配《しんぱい》する気《き》持《も》ちなどまるで知《し》らずに、ギロッとキュウビをにらみつけた。

「ならば！」

目《め》を光《ひか》らせて、反対《はんたい》の腕《うで》にぐぅっと力《ちから》を込《こ》め、キュウビに一撃《いちげき》を食《く》らわせた。さらに、ものすごい妖気《ようき》を手《て》から発射《はっしゃ》！　キュウビは、一瞬《いっしゅん》にして消《き》え去《さ》ってしまった……。

「……」

ナツメとアキノリはトウマの力《ちから》にあ然《ぜん》とした。

15 決着《けっちゃく》、エンマ大王《だいおう》VS《バーサス》蛇王《じゃおう》カイラ！　覚醒《かくせい》エンマ参上《さんじょう》！

幻夢洞窟《げんむどうくつ》では、エンマ大王《だいおう》とカイラの死闘《しとう》が続《つづ》いていた。激《はげ》しい息《いき》づかいと剣《けん》の交《まじ》わる音《おと》が洞窟内《どうくつない》に響《ひび》く。お互《たが》い、体力《たいりょく》の限界《げんかい》はとうに超《こ》えている。

エンマ大王《だいおう》は、対峙《たいじ》するカイラに尋《たず》ねる。

「お前《まえ》がそこまでして、王《おう》の座《ざ》に固執《こしつ》する理由《りゆう》はなんだ？　羅仙《らせん》の力《ちから》までも使《つか》って、妖魔《ようま》界《かい》を支配《しはい》したいのか」

「私《わたし》という存在《そんざい》を妖魔界《ようまかい》は認《みと》めなかった！」

カイラはすり足《あし》でエンマの隙《すき》をうかがいながら答《こた》えた。

「人間《にんげん》と妖怪《ようかい》の両方《りょうほう》の血《ち》を持《も》つ私《わたし》を、妖魔界《ようまかい》はさげすみ、おとしめた！」

言葉《ことば》が終《お》わる前《まえ》に、カイラは壁《かべ》づたいに走《はし》って勢《いきお》いをつけ、剣《けん》を振《ふ》り下《お》ろす！　エンマ大王《だいおう》は、カイラの剣《けん》の勢《いきお》いに飛《と》ばされ、壁《かべ》に激突《げきとつ》した。ぬらりひょんは、助太刀《すけだち》したい思《おも》いをぐっとこらえ、ふたりのつわものの戦《たたか》いを見守《みまも》る。

エンマ大王《だいおう》はカイラの剣《けん》を受《う》けながら言《い》う。

「それは、お前《まえ》の出生《しゅっせい》のせいではない！　お前自身《まえじしん》が闇《やみ》を抱《かか》えていたからだ！」

そしてカイラに向《む》かって剣《けん》を振《ふ》る。カイラもその剣《けん》を受《う》け止《と》め、さらに怒《いか》りをぶつけるように、何度《なんど》も何度《なんど》もエンマ大王《だいおう》に向《む》かっていく。

「私《わたし》はフドウ雷鳴剣《らいめいけん》を手《て》に入《い》れ、鬼王《おにおう》・羅仙《らせん》を制御《せいぎょ》し、すべての者《もの》に私《わたし》を認《みと》めさせる！」

「羅仙《らせん》は、相手《あいて》の闇《やみ》につけこみ、内《うち》からその者《もの》を破壊《はかい》する恐《おそ》ろしい妖魔《ようま》だ。内《うち》に闇《やみ》を秘《ひ》めるお前《まえ》は、ヤツの支配下《しはいか》に落《お》とされるぞ！」

「ふん、たわ言《ごと》をぬかすな！」

剣《けん》に力《ちから》を込《こ》めながら、カイラはエンマ大王《だいおう》に肩《かた》を寄《よ》せ、その耳元《みみもと》でささやいた。

「私《わたし》は……力《ちから》を手《て》に入《い》れるのだっ！」

エンマ大王《だいおう》はカイラの言葉《ことば》に眉《まゆ》をひそめ、次《つぎ》の瞬間《しゅんかん》、その顔《かお》を思《おも》いきりひじで打《う》った。

「ぐはっ！」

「目《め》を覚《さ》ませ！　カイラ――ッ！」

エンマ大王《だいおう》は、いつもは閉《と》じられている額《ひたい》の目《め》、第《だい》3の目《め》を大《おお》きく見開《みひら》いた。そして、その目《め》から光《ひかり》を放《はな》つと、美《うつく》しい金髪《きんぱつ》がまるで白《しろ》く燃《も》え盛《さか》る炎《ほのお》のような銀髪《ぎんぱつ》に変化《へんか》し、紫《むらさき》のすさまじい妖気《ようき》が立《た》ち上《のぼ》った。

「なにっ！　覚醒状態《かくせいじょうたい》か!?」

その妖気《ようき》に圧倒《あっとう》されカイラは後《あと》ずさった。

覚醒《かくせい》エンマは、光《ひか》り輝《かが》くエネルギーの一撃《いちげき》を放《はな》った！　カイラは衝撃《しょうげき》で吹《ふ》き飛《と》ばされ壁《かべ》に激突《げきとつ》し、崩《くず》れた岩《いわ》の下敷《したじ》きになってしまった。隙間《すきま》からなんとか腕《うで》を伸《の》ばし這《は》い出《で》てくるが、目《め》の前《まえ》に、覚醒《かくせい》エンマが立《た》っていた。

「うう……はぁっはぁっ……やはり私《わたし》はここまでの男《おとこ》か……」

カイラは、岩《いわ》の上《うえ》に大《だい》の字《じ》になった。

「私《わたし》はお前《まえ》にとって反逆者《はんぎゃくしゃ》だ。殺《ころ》せ！」

「……」

覚醒状態《かくせいじょうたい》を終《お》えたエンマ大王《だいおう》は剣《けん》を高《たか》らかに振《ふ》り上《あ》げると、まっすぐに振《ふ》り下《お》ろした。

剣《けん》は、カイラの体《からだ》の上《うえ》ではなく、地面《じめん》に突《つ》き立《た》てられた。

「！」

驚《おどろ》くカイラに背《せ》を向《む》け、エンマ大王《だいおう》はこざをかいて座《すわ》ると、懐《なつ》かしそうに遠《とお》い目《め》をした。

「やるじゃないか。お前《まえ》がここまで腕《うで》をあげたとはな……」

振《ふ》り返《かえ》ったその顔《かお》には優《やさ》しい笑《え》みが宿《やど》っていた。カイラは、一瞬心《いっしゅんこころ》を許《ゆる》しそうになるが、すぐにぐっと顔《かお》を引《ひ》き締《し》めた。

「ふんっ、敗者《はいしゃ》に気休《きやす》めなどいらぬ！」

エンマ大王《だいおう》は気《き》にせず立《た》ち上《あ》がった。

「いっしょに来《こ》い、カイラ。直接剣《ちょくせつけん》を交《まじ》えてみてお前《まえ》の心《こころ》がわかった」

「何《なに》!? どういう意味《いみ》だ？」

「フドウ雷鳴剣《らいめいけん》は、恐《おそ》らく俺《おれ》ひとりでは引《ひ》き抜《ぬ》くことはできん。たとえ、できたとしても、剣《けん》は俺《おれ》を支配《しはい》するかもしれない。そのときは、お前《まえ》とぬらりで取《と》り押《お》さえてくれ……」

エンマ大王《だいおう》の背中《せなか》から、カイラは並々《なみなみ》ならぬ決意《けつい》を感《かん》じた。

「……」

カイラは静《しず》かに立《た》ち上《あ》がり、血《ち》がにじむほど力《ちから》を込《こ》めて握《にぎ》っていた剣《けん》を、ついに鞘《さや》に納《おさ》めるのであった……。

16 コマさん登場《とうじょう》！

ビジネスセンタービルで、ナツメたちはトウマによって結界《けっかい》による光《ひかり》の檻《おり》に閉《と》じ込《こ》められていた。

「出《で》られそうにないね」

ナツメがため息《いき》をつくと、アキノリが懐《ふところ》からお守《まも》り袋《ぶくろ》を取《と》り出《だ》し、その中《なか》に入《はい》ったアークをナツメに渡《わた》した。

「母《かあ》さんの形見《かたみ》なんだ」

アークには、犬《いぬ》の絵《え》のようなものが描《えが》かれている。

「これは、何《なん》のアーク？」

「『コマさん』だよ。ずっと昔《むかし》にうちの神社《じんじゃ》で飼《か》われていた『信繁《のぶしげ》』って犬《いぬ》だったんだけど、倒《たお》れてきたコマ犬《いぬ》の下敷《したじ》きになって妖怪《ようかい》になったらしい」

「……」

ナツメは、アークを見《み》て力強《ちからづよ》くうなずくと、妖怪《ようかい》ウォッチ・エルダを構《かま》えた。

「召喚《しょうかん》！　私《わたし》のともだち！　出《で》てこいコマさん！」

ナツメの声《こえ》に反応《はんのう》し、妖怪《ようかい》ウォッチが光《ひかり》を放《はな》つ。ナツメの影《かげ》が光《ひかり》に変化《へんか》し、

「うぉ――――んっ！」

と、結界《けっかい》の外側《そとがわ》に、白《しろ》い犬《いぬ》の妖怪《ようかい》コマさんが出現《しゅつげん》した。コマさんは、おとなしそうな姿《すがた》をしていて、眉毛《まゆげ》の代《か》わりに青《あお》い炎《ほのお》が燃《も》えている。

ジバニャンが、犬《いぬ》に警戒《けいかい》する猫《ねこ》のようにコマさんを威嚇《いかく》した。

「シャーッ！」

しかし、コマさんはまったくやる気《き》なさそうに後《うし》ろ足《あし》で首《くび》のあたりをかいている。

「コマさん、ここから出《だ》して！」

「閉《と》じ込《こ》められてるんか？」

「そうなんだ。この結界《けっかい》を解《と》いてほしいんだ！」

「そう言《い》われても、やり方《かた》がわからんわい」

コマさんは、全体《ぜんたい》にやる気《き》なさそうにぐぅーっと背中《せなか》を伸《の》ばしてあくびをした。

「えぇー、そんなぁ……」

ナツメとアキノリはガックリと肩《かた》を落《お》とした。コマさんはまるで興味《きょうみ》なさそうにひょいと片足《かたあし》を上《あ》げると、結界《けっかい》に向《む》かっておしっこをかけた。

「きゃーっ！　もう!!」

顔《かお》を覆《おお》うナツメの横《よこ》で、アキノリが目《め》を見開《みひら》いた。

「見《み》て！　結界《けっかい》が……」

「ヤダ、見《み》たくない！」

「そうじゃなくて……結界《けっかい》が……」

「え？」

見《み》ると、結界《けっかい》の一部《いちぶ》、おしっこをかけられた部分《ぶぶん》が錆《さ》びたような色《いろ》になり、穴《あな》が開《あ》いている。そこから、コマさんのおしっこに合《あ》わせて穴《あな》がどんどん大《おお》きく広《ひろ》がり、光《ひかり》の檻《おり》は、ついにパーンッと音《おと》を立《た》てて粉々《こなごな》に砕《くだ》け散《ち》った。

「ひええぇ～っ！　お、おしっこで解除《かいじょ》～!?　どんな成分《せいぶん》なんでうぃっすか～!?」

驚《おどろ》くウィスパーの横《よこ》で、コマさんはやる気《き》なさそうに首《くび》をかいた。

「早《はや》くここから脱出《だっしゅつ》しよう！」

アキノリを先頭《せんとう》に、ナツメたちは出口《でぐち》へと走《はし》り出《だ》した。けれど、そのときトウマのうめき声《ごえ》が聞《き》こえてきた。

「うぁあ……」

「えっ」

ナツメは声《こえ》のする方《ほう》を振《ふ》り返《かえ》る。さらに苦《くる》しそうな声《こえ》が聞《き》こえる。

「うあああああ……」

トウマ君《くん》が苦《くる》しんでいる！

考《かんが》えるより先《さき》に、ナツメはうめき声《ごえ》のする方《ほう》に走《はし》り出《だ》していた。

17 捨《す》てられるトウマ

うめき声《ごえ》は、センタービルの最上階《さいじょうかい》にある大《おお》きな会議室《かいぎしつ》から響《ひび》いてきていた。

「うぁあああっ！」

トウマは頭《あたま》を押《お》さえ、崩《くず》れるように窓際《まどぎわ》に座《すわ》りこんだ。オグ・トグ・モグは、心配《しんぱい》してトウマのそばに寄《よ》る。

「苦《くる》しいのか、トウマ？」

「いったいどうしちゃったんだ」

「痛《いた》いの、痛《いた》いの？」

トウマの全身《ぜんしん》をどす黒《ぐろ》い闇《やみ》が包《つつ》み込《こ》む。そのたびにトウマの胸《むね》の中心部《ちゅうしんぶ》にある小《ちい》さな光《ひかり》が膨《ふく》らんで闇《やみ》をはじき返《かえ》しているようだ。すると、トウマの体《からだ》からぬるぅっと鬼《おに》まろリーダーの全身《ぜんしん》が抜《ぬ》け出《で》てきた。黄色《きいろ》い細長《ほそなが》い目《め》がついたダークグレーのマントをまとい、とても不気味《ぶきみ》な雰囲気《ふんいき》だ。

「これほどの拒絶反応《きょぜつはんのう》が出《で》るとは……それほど大《おお》きな善意《ぜんい》が隠《かく》れていたか」

「⁉」

鬼《おに》まろ3匹《びき》は、不安《ふあん》そうに鬼《おに》まろリーダーを見上《みあ》げた。

「もうこいつは用済《ようず》みだ……」

細長《ほそなが》い目《め》を縦《たて》に閉《と》じて瞬《まばた》きをすると、トウマに向《む》かって手《て》を伸《の》ばそうとした。トウマが肩《かた》で息《いき》をしながらヨロヨロと立《た》ち上《あ》がる。

「はぁはぁ……ぼ、僕《ぼく》は用済《ようず》み……だと？」

突然《とつぜん》、トウマが鬼眼《きがん》ギアをはめている腕《うで》を押《お》さえた。

「うっ……腕《うで》がぁあああ！」

鬼眼《きがん》ギアがぎゅーっと、トウマの腕《うで》に爪《つめ》を立《た》てるように食《く》いこんでくる。激痛《げきつう》でのたうち回《まわ》るトウマの周《まわ》りを、鬼《おに》まろ3匹《びき》は心配《しんぱい》そうに飛《と》び交《か》った。

「期待外《きたいはず》れのお前《まえ》にはぴったりの結末《けつまつ》だ」

そう言《い》って鬼《おに》まろリーダーは、トウマにすーっと近《ちか》づきとどめを刺《さ》そうとした。そこへ、鬼《おに》まろ3匹《びき》が飛《と》び出《だ》してきた！

「待《ま》って！　こいつはオレたちが殺《ころ》しとく！」

「そうだ、オレたちに任《まか》せろ！」

「そうだぜ、いえーい！」

「……お前《まえ》ら、この俺《おれ》に逆《さか》らうのか」

鬼《おに》まろリーダーは低《ひく》い声《こえ》で言《い》った。

「ち、違《ちが》う、そうじゃない！」

言《い》い訳《わけ》するトグに、鬼《おに》まろリーダーは、

「目障《めざわ》りだ！」

と言《い》い放《はな》ち、空中《くうちゅう》でぎゅっと拳《こぶし》を握《にぎ》った。すると、オグ・トグ・モグの体《からだ》が握《にぎ》りつぶされるようにぎゅっとひと塊《かたまり》になる。

「うわぁ！」

3匹《びき》は、一生懸命《いっしょうけんめい》もがくが離《はな》れることができない。

さらに、鬼《おに》まろリーダーは紫《むらさき》の小《ちい》さな魔法陣《まほうじん》をふたつ発生《はっせい》させると3匹《びき》めがけて投《な》げた。

その攻撃《こうげき》がさく裂《れつ》する寸前《すんぜん》、トウマが3匹《びき》の前《まえ》に飛《と》びこんできた！　そして、ボールのようにくっついた3匹《びき》を払《はら》いのけ、魔法陣《まほうじん》の中《なか》に自《みずか》ら飛《と》びこむ。

「うわぁああ！」

「！！！」

魔法陣《まほうじん》から出《で》る電撃攻撃《でんげきこうげき》を浴《あ》びるトウマを、鬼《おに》まろ3匹《びき》はぼうぜんと見《み》つめた。鬼《おに》まろリーダーも、思《おも》わず手《て》を下《お》ろす。魔法陣《まほうじん》が消《き》え、トウマの体《からだ》がバタンと床《ゆか》に倒《たお》れる。

「キサマ……何《なに》を考《かんが》えている……？」

「トウマ、トウマ」

鬼《おに》まろたちが心配《しんぱい》してトウマに近寄《ちかよ》る。

「こいつらは、仲間《なかま》だろ……」

トウマは、力《ちから》のない声《こえ》で言《い》うと気《き》を失《うしな》った。

そこに、ドアを蹴《け》破《やぶ》ってナツメとミッチーが入《はい》ってきた！　ナツメがトウマに駆《か》け寄《よ》る。

「トウマ君《くん》！」

息《いき》も絶《た》え絶《だ》えのトウマを見《み》て、ナツメは鬼《おに》まろリーダーを睨《にら》みつけた。

「彼《かれ》に何《なに》をしたの？　あんたがトウマ君《くん》を操《あやつ》ってたのね！　トウマ君《くん》を解《かい》放《ほう》して！」

「ふん、解《かい》放《ほう》もなにも、コイツは自《じ》滅《めつ》しただけだ。ふふふっ……」

黄《き》色《いろ》い目《め》は無《む》表《ひょう》情《じょう》のまま、イヤな笑《わら》い声《ごえ》が会《かい》議《ぎ》室《しつ》に響《ひび》いた。

「ナツメさんは！　私《わたし》が守《まも》る！」

ミッチーがそう言《い》ってナツメの前《まえ》に出《で》た。そして、究《きゅう》極《きょく》の一《いち》撃《げき》を放《はな》とうと、ムキムキの上《じょう》半《はん》身《しん》で大《おお》きく息《いき》を吸《す》いこんで鬼《おに》まろリーダーに向《む》かってパンチを繰《く》り出《だ》す。しかし、ひとつも当《あ》たらず、鬼《おに》まろリーダーに軽《かる》くかわされてしまう。

「え……」

ミッチーはさらにパンチを繰《く》り出《だ》そうとしたが、鬼《おに》まろリーダーはスッと煙《けむり》のように窓《まど》の外側《そとがわ》へと出《で》てしまった。ミッチーは、思《おも》いきり拳《こぶし》を窓枠《まどわく》にぶつけてうずくまった。

空中《くうちゅう》でたたずみ不敵《ふてき》に笑《わら》うと、鬼《おに》まろリーダーは、ナツメたちを残《のこ》し飛《と》び去《さ》った。

ナツメは、トウマを抱《だ》きかかえた。

「トウマ君《くん》、大丈夫《だいじょうぶ》？　しっかりして!!」

「君《きみ》は……」

トウマは、薄《うす》く目《め》を開《あ》けると、ナツメを見《み》た。

「ナツメさん……」

「憶《おぼ》えていてくれたのね」

トウマは、ナツメの声《こえ》を聞《き》くと、安堵《あんど》の笑《え》みを浮《う》かべ再《ふたた》び気《き》を失《うしな》った。

トウマを抱《かか》え、センタービルを後《あと》にしたナツメたちを、オグ・トグ・モグは、空中《くうちゅう》から見守《みまも》っている。

「おい、人間《にんげん》は不思議《ふしぎ》だな」

「そうだ、不思議《ふしぎ》だ」

「トウマは不思議《ふしぎ》、いえーい」

3匹《びき》は、生《う》まれて初《はじ》めて、小《ちい》さな体《からだ》の真《ま》ん中《なか》にじんわりと温《あたた》かいものを感《かん》じた。

18　不動明王現《ふどうみょうおうあらわ》る！

「はぁあああっ！　うあ〜！」

幻夢洞窟《げんむどうくつ》の一番奥《いちばんおく》にたどり着《つ》いたエンマ大王《だいおう》は、中央《ちゅうおう》の巨大《きょだい》な岩《いわ》にまっすぐ突《つ》き刺《さ》さった『フドウ雷鳴剣《らいめいけん》』を力《ちから》ずくで抜《ぬ》こうとしていた。

しかし、剣《けん》はびくともせず、光《ひかり》を放《はな》つと、エンマ大王《だいおう》を弾《はじ》き飛《と》ばした。

「うあっ！」

「大王様《だいおうさま》！」

そばで見守《みまも》っていたぬらりひょんがエンマ大王《だいおう》を支《ささ》える。

「ダメだ。強引《ごういん》に引《ひ》き抜《ぬ》こうとしても、この剣《けん》の封印《ふういん》は解《と》けない」

「では、力《ちから》を合《あ》わせるぞ」

一緒《いっしょ》に来《き》ていたカイラが、エンマ大王《だいおう》の横《よこ》に立《た》った。ぬらりひょんも続《つづ》く。

しかし、剣《けん》に触《ふ》れようとしたとき、強烈《きょうれつ》なエネルギーが剣《けん》から放《はな》たれ、3人《にん》はふっ飛《と》ばされてしまった。

「愚《おろ》か者《もの》!!」

剣《けん》から炎《ほのお》のような青《あお》いオーラが立《た》ち上《のぼ》り、声《こえ》が聞《き》こえてきた。

「我《われ》の力《ちから》をなぜ欲《ほっ》する？」

「なぜだと？」

「答《こた》えよ。我《われ》の力《ちから》をなぜ欲《ほっ》する？」

「より強大《きょうだい》な力《ちから》に対抗《たいこう》するためだ」

エンマ大王《だいおう》は力強《ちからづよ》く答《こた》えた。

「そうか……ならば、力《ちから》は渡《わた》せぬ。帰《かえ》るがよい」

その言葉《ことば》を最後《さいご》に、剣《けん》のオーラは消《き》えてしまった。

しかし、エンマ大王《だいおう》は負《ま》けん気《き》の強《つよ》そうな顔《かお》でふんっと笑《わら》ってみせた。

「大王様《だいおうさま》……？」

ぬらりひょんはエンマ大王《だいおう》の表情《ひょうじょう》を読《よ》みかねた。

「ふんっ、この程度《ていど》で引《ひ》き下《さ》がらねえ。俺《おれ》は手《て》に入《い》れると言《い》ったら、手《て》に入《い》れる……」

そう言《い》って、エンマ大王《だいおう》は不敵《ふてき》な笑《え》みを浮《う》かべ、剣《けん》が突《つ》き刺《さ》さっている岩《いわ》を見《み》た。


ちょうどそのころ、山《やま》の上空《じょうくう》でぐるぐると渦《うず》を巻《ま》く月《つき》から、ドロリと白《しろ》いものが地上《ちじょう》に落《お》ちた！

山《やま》のふもとに落《お》ちたその巨大《きょだい》な半透明《はんとうめい》の球体《きゅうたい》は、ドクンドクンと鼓動《こどう》を打《う》ちながら、ぼんやりと光《ひか》っている。何《なに》かが目覚《めざ》めようとしていた……。

19　少年《しょうねん》を救《すく》う方法《ほうほう》

ナツメたちは傷《きず》ついたトウマを連《つ》れ、おばばの待《ま》つ公園《こうえん》へと戻《もど》ってきた。

辺《あた》りはすっかり暗《くら》くなり、夜空《よぞら》には不気味《ぶきみ》な赤《あか》い月《つき》が輝《かがや》いている。外灯《がいとう》の下《した》のベンチにトウマを寝《ね》かせると、鬼眼《きがん》ギアがトウマの腕《うで》を締《し》めつけた。うめき声《ごえ》が辺《あた》りに響《ひび》く。

「うあああ!!」

脂汗《あぶらあせ》をかいて苦《くる》しむトウマを見《み》てウィスパーが言《い》う。

「このままではもう長《なが》くはもちませんね」

「そんな……」

そのとき、ナツメたちの背後《はいご》に強《つよ》い光《ひかり》が現《あらわ》れた。振《ふ》り返《かえ》ると、エンマ大王《だいおう》とぬらりひょんが姿《すがた》を現《あらわ》した。

ふたりは、ナツメたちの前《まえ》にすっと降《お》り立《た》った。

「エンマ大王様《だいおうさま》！」

ウィスパーがかしこまっておじぎをした。

「エンマじゃと……？」

おばばが眉《まゆ》をひそめる。

エンマ大王《だいおう》は黙《だま》ってトウマのそばに行《い》くと、鬼眼《きがん》ギアのはまった腕《うで》に向《む》かって光《ひかり》を発《はっ》した。

「ハッ！」

すると、苦《くる》しんでいたトウマの顔《かお》が徐々《じょじょ》に穏《おだ》やかになり、ふぅっと息《いき》をついて眠《ねむ》りについた。

「助《たす》かりましたでうぃっす！　さすがでうぃっす！　エンマ大王様《だいおうさま》〜」

と、ウィスパーはエンマ大王《だいおう》にすり寄《よ》るが、エンマ大王《だいおう》は表情《ひょうじょう》を崩《くず》さない。

「一時的《いちじてき》な治療《ちりょう》だ」

おばばが、身《み》を乗《の》り出《だ》した。

「まさか、あなた様《さま》は……あの閻魔大王様《えんまだいおうさま》か⁉」

「えっ？　地獄《じごく》の番人《ばんにん》とか、そういう感《かん》じの……あの閻魔《えんま》ーっ⁉」

ナツメのイメージする閻魔《えんま》といえば、怖《こわ》そうな顔《かお》をして鼻《はな》の穴《あな》を膨《ふく》らませたひげ面《づら》のおじさんのことで、目《め》の前《まえ》のイケメンとはかけ離《はな》れている。アキノリが、ナツメの思《おも》いをくみ取《と》るように続《つづ》ける。

「普通《ふつう》に美形《びけい》じゃないですか！　番人《ばんにん》っぽくない！」

「だいぶ、古《ふる》いイメージが定着《ていちゃく》しているようだな……」

エンマ大王《だいおう》は困《こま》った顔《かお》をした。ナツメは、改《あらた》めて鬼眼《きがん》ギアについて尋《たず》ねる。

「エンマ様《さま》、トウマくんからこれを外《はず》す方法《ほうほう》はないんですか？」

「鬼眼《きがん》ギアを外《はず》すには、闇《やみ》に侵食《しんしょく》された心《こころ》を切《き》り離《はな》さねばならん。そのためには、トウマの心《こころ》の中《なか》に入《はい》り込《こ》む必要《ひつよう》がある」

「ええっ⁉」

「だが、人《ひと》の心《こころ》に入《はい》る妖術《ようじゅつ》は、今《いま》の妖魔界《ようまかい》には存在《そんざい》しない……」

ナツメは目《め》を見開《みひら》いてエンマ大王《だいおう》を見《み》た。

「そんな……じゃあ、どうすれば……？」

すると、考《かんが》えこんでいたおばばが口《くち》を開《ひら》いた。

「……いるぞ。人《ひと》に関《かか》わる妖術《ようじゅつ》を操《あやつ》れる存在《そんざい》が」

エンマ大王《だいおう》は、おばばを見《み》た。他《ほか》の者《もの》たちも、一斉《いっせい》におばばを見《み》る。

「おばば、知《し》ってるの？」

アキノリの問《と》いにおばばはうなずいた。

「うむ。我《わ》が一族《いちぞく》に語《かた》り継《つ》がれてきた人物《じんぶつ》……鬼太郎《きたろう》じゃ」

「きたろう？」

「鬼太郎《きたろう》か。幽霊族《ゆうれいぞく》の鬼太郎《きたろう》のことだな」

エンマ大王《だいおう》は納得《なっとく》するようにうなずいた。

「幽霊族《ゆうれいぞく》って、幽霊《ゆうれい》のこと？」

アキノリが首《くび》をかしげると、ぬらりひょんが話《はな》し始《はじ》めた。

「幽霊族《ゆうれいぞく》とは人類《じんるい》が現《あらわ》れる以前《いぜん》から地球上《ちきゅうじょう》に存在《そんざい》したと言《い》われる種族《しゅぞく》。鬼太郎《きたろう》はその最後《さいご》の生《い》き残《のこ》りだそうですが……伝説《でんせつ》ではなかったのですね」

「鬼太郎《きたろう》なら、人《ひと》の心《こころ》に入《はい》りこむ妖術《ようじゅつ》を使《つか》いこなすかもしれぬ」

エンマ大王《だいおう》はナツメを見《み》た。

「鬼太郎《きたろう》は、人間《にんげん》の味方《みかた》だと聞《き》いたことがある。我々《われわれ》ではダメかもしれぬが、人間《にんげん》であるお前《まえ》たちなら……」

「確《たし》かに、会《あ》いに行《い》ってみる価値《かち》はありますね。しかし、どこにいるのでしょう？」

ぬらりひょんの問《と》いに、おばばがしっかりとした声《こえ》で答《こた》えた。

「『ゲゲゲの森《もり》』じゃ！」

20 いざ、鬼太郎《きたろう》の世界《せかい》へ

ナツメとアキノリ、そしてジバニャンは、赤《あか》い灯籠《とうろう》が連《つら》なるトンネルを一歩《いっぽ》ずつ進《すす》んでいる。

「このトンネルを抜《ぬ》けると、ゲゲゲの森《もり》？」

「本当《ほんとう》に着《つ》くのかな」

「怪《あや》しいニャン」

おばばの話《はなし》では、丑三《うしみ》つ時《どき》に、霧立山《きりたちやま》の奥《おく》にあるこの『灯籠《とうろう》トンネル』をくぐれば、ゲゲゲの森《もり》にたどり着《つ》くことができるのだという。ただし、たどり着《つ》けるのは、鬼太郎《きたろう》の力《ちから》を本当《ほんとう》に必要《ひつよう》としている者《もの》だけだ。

すると、前方《ぜんぽう》に光《ひかり》が見《み》えてきた。

「あれは!?」

アキノリが目《め》を凝《こ》らす。光《ひかり》が徐々《じょじょ》に大《おお》きくなり、同時《どうじ》に空間《くうかん》がうねり始《はじ》めた。トンネルの向《む》こう側《がわ》からたくさんのカラスが飛《と》んできて、ナツメたちの頭上《ずじょう》をバサバサと飛《と》び回《まわ》った。頭《あたま》を覆《おお》い目《め》を閉《と》じて身《み》を守《まも》っていると、少《すこ》しして、カラスの群《む》れは飛《と》び去《さ》っていった。

ナツメがそっと目《め》を開《あ》けると、辺《あた》りはいつの間《ま》にか森《もり》になっていた。

「ここが……ゲゲの森《もり》?」

おどろおどろしい雰囲気《ふんいき》の森《もり》の中《なか》で、3人《にん》は身《み》を寄《よ》せ合《あ》った。

「少《すこ》し不気味《ぶきみ》ニャンね」

周囲《しゅうい》を見渡《みわた》すと、ナツメは板《いた》を組《く》み合《あ》わせて作《つく》った鳥《とり》の巣箱《すばこ》のようなものを発見《はっけん》した。

「ねえ、あれって？」

近《ちか》づいてみると、箱《はこ》には丸《まる》い穴《あな》が開《あ》いている。

「これは……？」

不思議《ふしぎ》そうに箱《はこ》を見《み》るナツメにアキノリが言《い》う。

「『妖怪《ようかい》ポスト』かも。鬼太郎《きたろう》は、妖怪《ようかい》ポストに手紙《てがみ》を入《い》れることで会《あ》えるっておばばが言《い》ってた」

「これがその妖怪《ようかい》ポスト？」

「手紙《てがみ》での連絡《れんらく》とは用心深《ようじんぶか》いニャン」

ジバニャンはふむふむとうなずいて感心《かんしん》した。

「じゃあさっそく手紙《てがみ》を書《か》こうよ！」

「うん！」

アキノリとナツメは、すぐに手紙《てがみ》を書《か》き始《はじ》めた。

そのとき、森《もり》の奥《おく》で髪《かみ》の長《なが》い女《おんな》の影《かげ》がナツメたちに目《め》を光《ひか》らせた！　さらに、リボンをつけた少女《しょうじょ》の影《かげ》と、頭《あたま》がお尻《しり》のように割《わ》れた小《ちい》さな影《かげ》もナツメたちをじっと見《み》ている。

ナツメは、ペンを手《て》に考《かんが》え込《こ》んだ。

「うーん……何《なに》を書《か》けばいいのかな？」

「おぬしら、なにものじゃ！」

木陰《こかげ》から小《ちい》さなお婆《ばあ》さんが姿《すがた》を現《あらわ》した！　お婆《ばあ》さんは、着物《きもの》の裾《すそ》を持《も》って身構《みがま》える。鬼《き》太郎《たろう》の世界《せかい》の妖怪《ようかい》、『砂《すな》かけばばあ』だ。さらに高《たか》い木《き》のてっぺんから女《おんな》の子《こ》の声《こえ》がした。

「怪《あや》しい奴《やつ》らね！」

木《き》の上《うえ》からひとりの女《おんな》の子《こ》が軽々《かるがる》と飛《と》び降《お》りてきた。女《おんな》の子《こ》は長《なが》い爪《つめ》でナツメたちを威《い》嚇《かく》する。その姿《すがた》はまるで怒《おこ》った猫《ねこ》のようだ。こちらも妖怪《ようかい》、『ねこ娘《むすめ》』だ。

ねこ娘《むすめ》の威嚇《いかく》に思《おも》わずのけぞったアキノリの真後《まうし》ろで、小《ちい》さな笑《わら》い声《ごえ》が聞《き》こえた。

「ほほほ……」

同《おな》じく鬼《き》太郎《たろう》の仲間《なかま》、『子《こ》泣《な》きじじい』がいた。赤文字《あかもじ》で大《おお》きく「金《きん》」と書《か》かれた黒《くろ》いよだれ掛《か》けに、稲《いね》でできた雨《あま》よけの蓑《みの》を着《き》ている。格好《かっこう》は昔《むかし》の赤《あか》ちゃんみたいだが顔《かお》はお爺《じい》さんである。

「へへへっ……身《み》ぐるみはいでしまいましょうよ」

さらに『ねずみ男《おとこ》』が現《あらわ》れた。グレーの衣《ころも》をまとい、頬《ほお》から4本《ほん》ひげを生《は》やしてずるそうな笑《え》みを浮《う》かべている。ゲゲゲの森《もり》の妖怪《ようかい》たちに、ナツメたちは取《と》り囲《かこ》まれてしまった。

アキノリとナツメは背中合《せなかあ》わせに周囲《しゅうい》を見渡《みわた》す。

「この人《ひと》たちは……？」

「もしかして、この中《なか》に鬼太郎《きたろう》が？」

「えっ、そうなの!?」

「どれニャン……？」

ナツメとアキノリとジバニャンは、妖怪《ようかい》たちを探《さぐ》るように見《み》た。ナツメが推理《すいり》を始《はじ》める。

「まず、太郎《たろう》っていうくらいだから、男《おとこ》でしょう。てことは……」

砂《すな》かけばばあと、ねこ娘《むすめ》が鬼太郎候補《きたろうこうほ》から除外《じょがい》された。

「あとは2択《たく》か」

アキノリが子泣《こな》きじじいとねずみ男《おとこ》を交互《こうご》に見《み》た。すると、ナツメがひらめいたように言《い》う。

「太郎感《たろうかん》があるのはこっちでしょ！」

と、子泣《こな》きじじいを指《ゆび》さす。

「それに見《み》て、この『金《きん》』のマーク。金《きん》と言《い》えば……」

「太郎《たろう》！」

アキノリがクイズの正解《せいかい》を言《い》うように張《は》り切《き》って言《い》った。

「ね！　あと、この頭《あたま》の割《わ》れてる部分《ぶぶん》が『鬼《き》』って感《かん》じでしょう」

と、子泣《こな》きじじいの頭《あたま》の割《わ》れ目《め》をなでなでする。アキノリも一緒《いっしょ》になでなでしながら、

「おお！　まさに『鬼《き》』って感《かん》じ！　じゃあ、鬼太郎《きたろう》はこの人《ひと》で決定《けってい》！」

と言《い》って、子泣《こな》きじじいの腕《うで》を取《と》り、まるでチャンピオンのように持《も》ち上《あ》げた。

「ん……？」

よく分《わ》からずに首《くび》を傾《かし》げる子泣《こな》きじじいの横《よこ》から、ウソつきのねずみ男《おとこ》が口《くち》を挟《はさ》んだ。

「おいおい！　鬼太郎《きたろう》はこの俺様《おれさま》だぜ。残念《ざんねん》だったな」

「そうなの⁉」

「マジで⁉」

ねずみ男《おとこ》に駆《か》け寄《よ》るナツメアキノリとの後《うし》ろで、ねこ娘《むすめ》が、

「はぁぁ⁉」

と意地悪《いじわる》な声《こえ》を上《あ》げたが、ふたりはねずみ男《おとこ》をすっかり信《しん》じこんでいる。

「鬼太郎《きたろう》さん！　お願《ねが》いがあるんです！」

ナツメは、ねずみ男《おとこ》に言《い》った。ねずみ男《おとこ》はニヤニヤしながらふたりに迫《せま》る。

「わかっているとは思《おも》うが、お願《ねが》いごとにはとかくお金《かね》がかかるんだぜ。しっかり払《はら》うもん払《はら》ってもらおうか」

「え？　お金《かね》とるの？　鬼太郎《きたろう》セコ！」

突《つ》っこむアキノリの横《よこ》で、ナツメはねずみ男《おとこ》に尋《たず》ねた。

「それで、いくらくらいかかるんですか！」

「そうだなあ、特別《とくべつ》に鬼太郎特価《きたろうとっか》にしておいてやるが、少《すく》なくとも30万《まん》は……」

「30万《まん》!?」

ねずみ男《おとこ》がニヤニヤと指《ゆび》を3本立《ぼんた》てたとき、森《もり》のカラスが一斉《いっせい》に飛《と》び立《た》った。

「!!」

カラーンコローンと、妖《あや》しい下駄《げた》の音《おと》が辺《あた》りに鳴《な》り響《ひび》く。その音《おと》に、ねずみ男《おとこ》は身震《みぶる》いをすると、冷《ひ》や汗《あせ》をかきながらそっと振《ふ》り返《かえ》った。

森《もり》の奥《おく》から現《あらわ》れた少年《しょうねん》がねずみ男《おとこ》に言《い》う。

「ねずみ男《おとこ》！　お前《まえ》、また人《ひと》をだましているのか！」

焦《あせ》ったねずみ男《おとこ》は、つい、その少年《しょうねん》の名前《なまえ》を口走《くちばし》ってしまう。

「はっ、鬼太郎《きたろう》！　あ――、いやこれは、その……」

「油断《ゆだん》も隙《すき》もないわい！」

鬼太郎《きたろう》の髪《かみ》の毛《け》から飛《と》び出《だ》した『目玉《めだま》おやじ』が言《い》った。目玉《めだま》だけの顔《かお》に小《ちい》さな体《からだ》がついたその妖怪《ようかい》に、アキノリとナツメは悲鳴《ひめい》を上《あ》げた。

「なんだ！」

「目玉《めだま》がしゃべった！」

「コラッ！　目玉《めだま》とは失礼《しつれい》な！」

甲高《かんだか》い声《こえ》で目玉《めだま》おやじがナツメを叱《しか》りつける。

「いや、間違《まちが》ってはないから」

ねこ娘《むすめ》が軽《かる》く突《つ》っこみを入《い》れ、砂《すな》かけばばあが鬼太郎《きたろう》に話《はな》し始《はじ》めた。

「鬼太郎《きたろう》。怪《あや》しいやつらがわしらの縄張《なわば》りに入《はい》りこんできおってのう」

ナツメとアキノリは、『鬼太郎《きたろう》』と呼《よ》ばれる少年《しょうねん》を改《あらた》めて見《み》た。黄色《きいろ》と黒《くろ》のしましまのちゃんちゃんこを着《き》て、半《はん》ズボンに下駄《げた》というで立《た》ち、顔《かお》の半分《はんぶん》が長《なが》い前髪《まえがみ》で隠《かく》れている。

そう、彼《かれ》こそが幽霊族《ゆうれいぞく》の最後《さいご》の生《い》き残《のこ》り、正真正銘《しょうしんしょうめい》、ゲゲゲの鬼太郎《きたろう》だ！

目玉《めだま》おやじは、ナツメとアキノリをまん丸《まる》の目玉《めだま》で見定《みさだ》めると、鬼太郎《きたろう》に言《い》った。

「おい、鬼太郎《きたろう》。こいつらはこの辺《へん》の者《もの》ではないようじゃぞ」

「見《み》たところ、普通《ふつう》の人間《にんげん》に見《み》えますが……」

「妖怪《ようかい》っぽいやつもいるよ」

みんなの視線《しせん》が一斉《いっせい》にジバニャンに注《そそ》がれた。鬼太郎《きたろう》は、少年《しょうねん》と少女《しょうじょ》、そして猫《ねこ》の妖怪《ようかい》をじっと見《み》ると、厳《きび》しい声色《こわいろ》で尋《たず》ねてきた。

「お前《まえ》たちは何者《なにもの》だ？」


ナツメは、ゲゲゲの森《もり》に来《き》た理由《りゆう》を鬼太郎《きたろう》に洗《あら》いざらい話《はな》した。

「そういうことか……」

話《はなし》を聞《き》き終《お》えた鬼太郎《きたろう》は深刻《しんこく》な顔《かお》でうなずいた。

「お願《ねが》いします！」

「協力《きょうりょく》してください！」

頭《あたま》を下《さ》げるナツメとアキノリを前《まえ》に、鬼太郎《きたろう》は腕組《うでぐ》みをして考《かんが》えた。

「うむ……」

少《すこ》し悩《なや》んでいる様子《ようす》だ。

そのとき、不思議《ふしぎ》な煙《けむり》がジバニャンの体《からだ》から出始《ではじ》めた。

「ああっ！　ジバニャンが！」

アキノリとナツメ、そして鬼太郎《きたろう》とその仲間《なかま》たちの前《まえ》で、ジバニャンの頭《あたま》に鬼太郎《きたろう》と同《おな》じような前髪《まえがみ》が生《は》え始《はじ》め、さらに黄色《きいろ》と黒《くろ》のちゃんちゃんこが出現《しゅつげん》した。

「にゃにゃっ！」

ジバニャンは、慌《あわ》てて手鏡《てかがみ》で自分《じぶん》の姿《すがた》を確認《かくにん》する。

「にゃんと！　鬼太郎《きたろう》さんの妖気《ようき》に影響《えいきょう》を受《う》けて、姿《すがた》が変化《へんか》したニャン」

なんと、ジバニャンは『鬼太《きた》ニャン』に変化《へんか》してしまったのだ！

「恐《おそ》るべし鬼太郎《きたろう》さんパワー!!」

「ハハハ……」

感心《かんしん》するアキノリの横《よこ》でナツメは苦笑《くしょう》した。鬼太郎《きたろう》と仲間《なかま》たちも思《おも》わずほほ笑《え》んでジバニャン、もとい、鬼太《きた》ニャンを見《み》ている。そんなみんなを見《み》て、鬼太郎《きたろう》が口《くち》を開《ひら》いた。

「わかった。一緒《いっしょ》に行《い》こう！」

「えっ、いいんですか！」

「君《きみ》はその友達《ともだち》を絶対《ぜったい》に救《すく》いたいんだろ？　僕《ぼく》なら、鬼《おに》まろの力《ちから》を抑《おさ》えることができるかもしれない」

鬼太郎《きたろう》は、人間《にんげん》の味方《みかた》として、悪《わる》い妖怪《ようかい》から人間《にんげん》を守《まも》ってきた存在《そんざい》だ。ジバニャンとナツメたちが仲良《なかよ》くこのゲゲゲの森《もり》にやって来《き》たのを見《み》て、人間《にんげん》に協力《きょうりょく》しようと決意《けつい》したのだ。

「ありがとうございます！」

ナツメは、鬼太郎《きたろう》にぺこりと頭《あたま》を下《さ》げた。

鬼太郎《きたろう》は、『一反《いったん》もめん』という白《しろ》い布《ぬの》の妖怪《ようかい》を呼《よ》び出《だ》すと、それにまたがりさっそく人間界《にんげんかい》へと旅立《たびだ》った。

21　立《た》ち上《あ》がれ！　トウマ

カオデカ鬼《おに》たちは、不気味《ぶきみ》な月《つき》が輝《かが》く夜《よる》の町《まち》を我《わ》が物顔《ものがお》で練《ね》り歩《ある》いていた。その周囲《しゅうい》を無数《むすう》の鬼《おに》まろがあくどい笑《え》みを浮《う》かべながら小《こ》バエのように飛《と》び交《か》っている。

カオデカ鬼《おに》たちの真《ま》ん中《なか》で、彼《かれ》らを操《あやつ》っているのは、トウマが路地裏《ろじうら》で倒《たお》したこの町《まち》の番長《ばんちょう》・鬼島《おにじま》ゲンジだ。鬼島《おにじま》の体《からだ》から鬼《おに》まろリーダーがぬぅっと立《た》ち上《あ》がる。

「隠《かく》れている人間《にんげん》を探《さが》し出《だ》せ！　羅仙《らせん》さまの復活《ふっかつ》にはまだ数《かず》が足《た》りん！」

鬼島《おにじま》の目《め》が怪《あや》しく光《ひか》り、近《ちか》くを飛《と》んでいる鬼《おに》まろたちに次々《つぎつぎ》と指示《しじ》を出《だ》し始《はじ》めた。それに合《あ》わせるようにカオデカ鬼《おに》たちが雄叫《おたけ》びを上《あ》げる。それは、まるで地鳴《じな》りのように夜《よる》の町《まち》に響《ひび》き渡《わた》った。

ナツメたちは、ゲゲゲの森《もり》から鬼太郎《きたろう》を連《つ》れて公園《こうえん》に戻《もど》ってくると、トウマのもとへ駆《か》けつけた。鬼太郎《きたろう》は、息《いき》も絶《た》え絶《だ》えのトウマを見《み》て言《い》った。

「だいぶ、邪気《じゃき》の侵食《しんしょく》が進《すす》んでいるな」

「このままではあと1日《にち》ももたんじゃろう」

目玉《めだま》おやじの見立《みた》てにナツメはショックを受《う》けた。

「そんな……」

すると、強《つよ》い妖気《ようき》を感《かん》じた鬼太郎《きたろう》の髪《かみ》の毛《け》が一束《ひとたば》ピンと立《た》った。

「父《とう》さん、強《つよ》い妖気《ようき》を感《かん》じます」

そしてトウマの腕《うで》にガッチリと絡《から》みついた鬼眼《きがん》ギアを見《み》て、目玉《めだま》おやじに言《い》う。

「どうやら、腕《うで》に取《と》り憑《つ》いているこいつが原因《げんいん》ですね。こいつを切《き》り離《はな》すことができれば救《すく》えるかもしれない」

「しかし、こいつは相当《そうとう》、心《こころ》の芯《しん》に食《く》いこんでおるぞい」

「……どうすればいいんですか？」

ナツメの問《と》いに目玉《めだま》おやじが答《こた》えた。

「この者《もの》の世界《せかい》に入《はい》って、心《こころ》の闇《やみ》を取《と》り除《のぞ》くのじゃ」

「世界《せかい》に入《はい》る……？」

鬼太郎《きたろう》が続《つづ》けた。

「彼《かれ》の記憶《きおく》から、闇《やみ》を生《う》み出《だ》している原因《げんいん》となった時間《じかん》と場所《ばしょ》にジャンプする。そこにいる闇《やみ》を撃退《げきたい》するんだ」

「お願《ねが》いします！　トウマ君《くん》を助《たす》けてください！」

「ああ、そのつもりだ。だが、助《たす》けるのは僕《ぼく》じゃない」

「!?」

「人《ひと》の記憶《きおく》の中《なか》に入《はい》るのは、その人《ひと》の記憶《きおく》の中《なか》にいる者《もの》でなければならない」

「……」

ナツメは、鬼太郎《きたろう》の目《め》を見《み》た。

「私《わたし》が、やります」

鬼太郎《きたろう》は、ナツメがトウマの幼《おさな》なじみだと聞《き》き、うなずいた。

「僕《ぼく》が君《きみ》を『彼《かれ》の世界《せかい》』に送《おく》り込《こ》む。そこで彼《かれ》の闇《やみ》を消《け》し去《さ》るんだ」

目玉《めだま》おやじが、鬼太郎《きたろう》の頭《あたま》の上《うえ》で心配《しんぱい》そうにうなった。

「だが、この者《もの》の中《なか》に良《よ》い心《こころ》が残《のこ》っていなければ、ふたりとも死《し》んでしまうぞ」

「でも、やらなければ魂《たましい》まで鬼《おに》まろに食《く》われてしまいますよ」

「うむ……」

目玉《めだま》おやじと鬼太郎《きたろう》はナツメを見《み》た。

「私《わたし》、やります！　私《わたし》はトウマ君《くん》をどうしても助《たす》けたいんです！」

「わかった」

鬼太郎《きたろう》は、ナツメの決意《けつい》を聞《き》くと、苦《くる》しむトウマの胸《むね》に左手《ひだりて》を当《あ》て、右手《みぎて》をナツメの前《まえ》に差《さ》し出《だ》した。ナツメはその手《て》を強《つよ》く握《にぎ》った。

「行《い》くぞ！」

「はい！」

すると、鬼太郎《きたろう》の両手《りょうて》から光《ひかり》が出《で》て、ナツメとトウマをひとつの光《ひかり》の輪《わ》の中《なか》へと導《みちび》く！

「これは……!!」

光《ひかり》の向《む》こうに広《ひろ》がる光景《こうけい》を見《み》て、ナツメは大《おお》きく目《め》を見開《みひら》いた……。

気《き》がついたら、ナツメはトウマの家《いえ》の中《なか》にいて、高級《こうきゅう》マンションのだだっ広《ぴろ》いリビングに、独《ひと》りぼっちの幼《おさな》いトウマを見《み》つけた。

「これがトウマ君《くん》の世界《せかい》……」

トウマは、ソファに座《すわ》り寂《さび》しそうにしくしくと泣《な》いている。テーブルの上《うえ》には、誕生日《たんじょうび》ケーキと、手紙《てがみ》が置《お》かれている。手紙《てがみ》には、『すこしおそくなるからさきにたべてて　ママ』とある。

ナツメは、すすり泣《な》くトウマの横《よこ》に腰《こし》を下《お》ろした。

「ひとりなの？」

幼《おさな》いトウマはヒクヒクとしゃくりあげながらうなずいた。

「ひとりだよ。僕《ぼく》のことなんて誰《だれ》も気《き》にしてない」

「そんなことないよ。あなたのこと、気《き》にしている人《ひと》はいる」

ほほ笑《え》みかけるナツメからトウマは目《め》をそらした。

「ふん、お姉《ねえ》ちゃんにはわからないでしょ？　僕《ぼく》のことなんて」

「わかるよ。あなたのこと、子供《こども》のころから知《し》っているから」

「えっ？」

そのとき、誰《だれ》かがドアをノックする音《おと》が聞《き》こえた。

「……」

トウマは一瞬玄関《いっしゅんげんかん》の方《ほう》を見《み》たが、すぐにそっぽを向《む》いて耳《みみ》を塞《ふさ》いでしまった。

「どうしたの？　誰《だれ》か来《き》たよ。出《で》て」

「どうせ郵便屋《ゆうびんや》さんだよ。出《で》る必要《ひつよう》なんてない。いつもうるさいんだ。留守《るす》だって言《い》ってるのに」

「郵便屋《ゆうびんや》さん、か……」

肩《かた》を震《ふる》わせいじけるトウマを見《み》て、ナツメは寂《さび》しげに笑《わら》った。

「トウマ君《くん》、憶《おぼ》えてる？　誕生日《たんじょうび》とか、トウマ君《くん》が病気《びょうき》で学校《がっこう》を休《やす》んだときとか、いつも郵便屋《ゆうびんや》さんが来《き》てたこと」

「うん、いつもうるさく叩《たた》いてた」

「でも、それは違《ちが》ったんだよ。郵便屋《ゆうびんや》さんじゃなかったんだ……」

いつの間《ま》にか、ナツメと幼《おさな》いトウマは玄関扉《げんかんとびら》の前《まえ》に立《た》っている。

「あの扉《とびら》を開《あ》けてみて」

「え……？」

トウマは、おそるおそる扉《とびら》を開《あ》けた。すると、そこに立《た》っていたのは、郵便屋《ゆうびんや》さんではなく、幼《おさな》い日《ひ》のナツメだった。

「ナツメちゃん……」

戸惑《とまど》うトウマに幼《おさな》いナツメは目《め》いっぱいの笑顔《えがお》を見《み》せた。

「家《いえ》が近《ちか》くでしょ。だから……」

と、後《うし》ろ手《で》に隠《かく》していたプレゼントを差《さ》し出《だ》した。

「お誕生日《たんじょうび》のお祝《いわ》いに来《き》たの！」

トウマは、驚《おどろ》いた顔《かお》でプレゼントを受《う》け取《と》った。

「僕《ぼく》の誕生日《たんじょうび》で、来《き》てくれたの？」

「うん！　もちろん！」

ナツメはニッコリと笑《わら》った。すると、ナツメの後《うし》ろからさらに男《おとこ》の子《こ》と女《おんな》の子《こ》が顔《かお》を出《だ》した。ふたりもプレゼントを持《も》っている。

「……」

中学生《ちゅうがくせい》のナツメが見守《みまも》る中《なか》、トウマの顔《かお》がぱぁっと笑顔《えがお》になっていった……

辺《あた》りはじょじょに闇《やみ》に包《つつ》まれ、やがて真《ま》っ暗《くら》になる。

ここは、トウマの精神世界《せいしんせかい》。入《はい》りこんだナツメは、真《ま》っ暗《くら》な空間《くうかん》に浮《う》かびながら、周囲《しゅうい》に星《ほし》のように点在《てんざい》する光《ひかり》の玉《たま》に映《うつ》し出《だ》されるトウマの過去《かこ》を、トウマと一緒《いっしょ》に見《み》ていたのだ。

「これは……」

「わかったでしょう。もしあの扉《とびら》を開《あ》けていたら、あなたはああやって笑《わら》うことができた」

「……」

ナツメはさらにトウマを別《べつ》の光《ひかり》の玉《たま》へと案内《あんない》しながら続《つづ》けた。

「お父《とう》さんとお母《かあ》さんだって、あなたを好《す》きで放《ほう》っておいたわけじゃない。あなたのところに帰《かえ》れない理由《りゆう》があったはずよ」

「え……」

光《ひかり》の玉《たま》が開《ひら》くと、トウマとナツメは、トウマの両親《りょうしん》が勤《つと》める医療研究機関《いりょうけんきゅうきかん》『DNA《ディーエヌエー》次世代研究所《じせだいけんきゅうじょ》』の施設《しせつ》にいた。

白衣《はくい》を脱《ぬ》ぎながら研究室《けんきゅうしつ》から出《で》てきたのは、トウマの母《はは》の真冬《まふゆ》だ。それをトウマの父《ちち》、将文《まさふみ》が止《と》める。

「真冬《まふゆ》！」

「今日《きょう》はトウマの誕生日《たんじょうび》なの。帰《かえ》ってあげなきゃ」

「しかし……」

すると、部下《ぶか》の研究員《けんきゅういん》が研究室《けんきゅうしつ》から廊下《ろうか》に出《で》てきた。

「チーフ、待《ま》ってください。明日《あした》は、この研究《けんきゅう》の存続《そんぞく》が決《き》まる報告会《ほうこくかい》です。明日《あした》を乗《の》り切《き》るにはまだ研究結果《けんきゅうけっか》の資料《しりょう》が足《た》りません！」

「でも、あの子《こ》に、一緒《いっしょ》に誕生日《たんじょうび》を過《す》ごすって約束《やくそく》してたの」

「僕《ぼく》らは10年間《ねんかん》、この研究《けんきゅう》を続《つづ》けてきました。この研究《けんきゅう》がうまくいけば、多《おお》くの難病《なんびょう》で苦《くる》しむ人《ひと》を救《すく》うことができるんです！　それが今夜《こんや》にかかっているんです、チーフ！」

部下《ぶか》の熱意《ねつい》とトウマとの約束《やくそく》の間《あいだ》で真冬《まふゆ》の心《こころ》は揺《ゆ》れた。そして何《なに》より、人《ひと》を救《すく》いたいという使命感《しめいかん》から、真冬《まふゆ》はその場《ば》に立《た》ちつくし目《め》を伏《ふ》せた。

「……」

真冬《まふゆ》の肩《かた》に、将文《まさふみ》がそっと手《て》を置《お》く。

「真冬《まふゆ》、トウマはきっとわかってくれるさ。今《いま》はわかってくれなくとも、大人《おとな》になったときに私《わたし》たちを誇《ほこ》りに思《おも》ってくれるはずだ」

「あなた……」

暗闇《くらやみ》から、ふたりの様子《ようす》を見《み》ていた今《いま》のトウマにナツメが言《い》う。

「お父《とう》さんもお母《かあ》さんもトウマ君《くん》との約束《やくそく》、ちゃんと大切《たいせつ》に思《おも》ってた」

「……」

ナツメはまた別《べつ》の光《ひかり》の玉《たま》の前《まえ》にトウマを案内《あんない》した。

そこに見《み》えるのは、帰宅《きたく》して玄関《げんかん》の扉《とびら》を開《あ》けようとしている小学《しょうがく》5年生《ねんせい》のトウマだ。ナツメがトウマに語《かた》りかける。

「もし、あの日《ひ》、あなたが家《いえ》に帰《かえ》っていたら……」

玄関《げんかん》の前《まえ》に立《た》ち、トウマは扉《とびら》を開《あ》けるのをためらっていた。今日《きょう》はトウマの11回目《かいめ》の誕《たん》生日《じょうび》だ。いつもの年《とし》と同《おな》じように、あの広《ひろ》くて冷《つめ》たいリビングで独《ひと》りぼっちの誕生日《たんじょうび》を過《す》ごすのが怖《こわ》くて、トウマはついに扉《とびら》を開《あ》けることができずに背《せ》を向《む》けてしまった。そこに中学生《ちゅうがくせい》のナツメが現《あらわ》れる。

「待《ま》って！　その扉《とびら》を開《あ》けてみて。そこには、あなたが求《もと》めている答《こた》えがあるから……」

トウマは、ゆっくりと扉《とびら》の方《ほう》を振《ふ》り返《かえ》った。そして、ドアノブに手《て》をかけおそるおそる扉《とびら》を開《あ》ける……誰《だれ》もいない冷《つめ》たい玄関《げんかん》に立《た》ちつくす……。

「……」

そのとき、真冬《まふゆ》がリビングから駆《か》けて来《き》てトウマを強《つよ》く抱《だ》きしめた。

「トウマ！」

「母《かあ》さん……」

トウマは、真冬《まふゆ》の腕《うで》の中《なか》でぼうぜんとした。

「トウマ、今《いま》までごめんね」

奥《おく》から父《ちち》も出《で》てきた。

「すまなかったな、トウマ。父《とう》さんと母《かあ》さんは、多《おお》くの人《ひと》たちの命《いのち》を救《すく》う大切《たいせつ》な研究《けんきゅう》をしていたんだ。それが完成《かんせい》したんだ。これでみんなを救《すく》える。しかし……」

将文《まさふみ》はトウマのそばに来《き》た。

「長《なが》い間《あいだ》、お前《まえ》との時間《じかん》を犠牲《ぎせい》にしてしまった……」

「大切《たいせつ》な研究《けんきゅう》だったんだよね」

将文《まさふみ》は、トウマに視線《しせん》を合《あ》わせるようにしゃがみこんで、細《ほそ》い肩《かた》に大《おお》きな手《て》を置《お》いた。

「私《わたし》たちには、こんなに大切《たいせつ》なものがあったというのに……」

「父《とう》さんと母《かあ》さんは……僕《ぼく》のこと嫌《きら》いじゃないの？」

おそるおそる尋《たず》ねるトウマに将文《まさふみ》も真冬《まふゆ》も力強《ちからづよ》く答《こた》えた。

「なにを言《い》うんだ、トウマ」

「そんなわけないじゃない。私《わたし》たちの一番大切《いちばんたいせつ》なものはあなたよ、トウマ」

「……」

トウマは、あふれる涙《なみだ》をこらえきれず、母《はは》の腕《うで》の中《なか》で大《おお》きな声《こえ》で泣《な》いた。

「僕《ぼく》、寂《さび》しかったんだ！　やっぱり僕《ぼく》、母《かあ》さんや父《とう》さんと一緒《いっしょ》にいたかったんだ！　うっうっうっ……」

母《はは》の腕《うで》の中《なか》で泣《な》くトウマを、父《ちち》がさらに抱《だ》きしめる。親子《おやこ》3人《にん》を柔《やわ》らかな光《ひかり》が包《つつ》む……

暗闇《くらやみ》からその光景《こうけい》を見《み》ていた今《いま》のトウマの目《め》から、ポロポロと涙《なみだ》がこぼれ落《お》ちた。

「そうか……僕《ぼく》が孤独《こどく》だったのは、勝手《かって》に父《とう》さんと母《かあ》さんの気持《きも》ちを誤解《ごかい》して、遠《とお》のいていたからだ。僕《ぼく》は、独《ひと》りぼっちなんかじゃなかった。母《かあ》さん、父《とう》さん、ごめんなさい……

ごめんなさい……ごめんなさい……」

大粒《おおつぶ》の涙《なみだ》を流《なが》すトウマを、ナツメは静《しず》かに見守《みまも》った。


ここは、夜《よる》のさくら元町《もとまち》の公園《こうえん》。

鬼太郎《きたろう》たちが見守《みまも》る中《なか》、ベンチに寝《ね》かされているトウマの頬《ほお》を一筋《ひとすじ》の涙《なみだ》がつたった。すると、トウマの左腕《ひだりうで》の鬼眼《きがん》ギアが苦《くる》しそうに暴《あば》れ出《だ》した。

「今《いま》じゃ鬼太郎《きたろう》！　あの奇怪《きかい》なものから邪気《じゃき》を追《お》い払《はら》うんじゃ！」

「わかりました！　父《とう》さん！」

目玉《めだま》おやじの号令《ごうれい》で、鬼太郎《きたろう》は立《た》ち上《あ》がり、ちゃんちゃんこを脱《ぬ》いで鬼眼《きがん》ギアにさっと被《かぶ》せた。

「邪悪《じゃあく》なるものよ！　ここから出《で》ていけ！」

ちゃんちゃんこの中《なか》で、鬼眼《きがん》ギアが激《はげ》しくもがき、どす黒《ぐろ》い妖気《ようき》を発《はっ》する。やがて、機《き》械《かい》が壊《こわ》れるような音《おと》とともに、妖気《ようき》が辺《あた》りに飛《と》び散《ち》った。

「うぁあああ！」

トウマが目《め》を閉《と》じたまま雄叫《おたけ》びを上《あ》げると同時《どうじ》に、ちゃんちゃんこの中《なか》が静《しず》かになった。

鬼太郎《きたろう》がちゃんちゃんこを取《と》ると、鬼眼《きがん》ギアは、その奇怪《きかい》な姿《すがた》を一変《いっぺん》させ、黒《くろ》い腕時計《うでどけい》のような形《かたち》になってトウマの腕《うで》から外《はず》れた。

「これで、もう大丈夫《だいじょうぶ》だ」

鬼太郎《きたろう》は、ちゃんちゃんこを着《き》てその紐《ひも》をしっかりと結《むす》んだ。

「さすがでうぃっす！」

「トウマくん、大丈夫《だいじょうぶ》？」

トウマの精神世界《せいしんせかい》から戻《もど》ったナツメがトウマに駆《か》け寄《よ》る。トウマは薄《うす》く目《め》を開《あ》けると、

「う……うん」

と、小《ちい》さくほほ笑《え》んでうなずいた。

鬼太郎《きたろう》と仲間《なかま》たちは、トウマが元《もと》の心優《こころやさ》しい少年《しょうねん》に戻《もど》ったのを見届《みとど》けると、ゲゲゲの森《もり》へと帰《かえ》っていった。

「ありがとう！　鬼太郎《きたろう》さん！」

アキノリとナツメは、一反《いったん》もめんに乗《の》って空高《そらたか》く飛《と》んで行《い》く鬼太郎《きたろう》たちに、大《おお》きく手《て》を振《ふ》った。

最終章《さいしゅうしょう》　鬼王《おにおう》・羅仙《らせん》との決戦《けっせん》！

22　もうひとつの妖怪《ようかい》ウォッチ

鬼太郎《きたろう》たちを見送《みおく》った後《あと》、アキノリは鬼眼《きがん》ギアが変化《へんか》してできた黒《くろ》い腕時計《うでどけい》のようなものがベンチの上《うえ》にあるのに気《き》づいた。中央《ちゅうおう》の文字盤《もじばん》の部分《ぶぶん》が、赤《あか》・黄《き》・緑《みどり》・青《あお》の4色《しょく》の光《ひかり》を帯《お》びている。

「これは……？」

触《ふ》れようとすると、それにはじかれてしまう。だがトウマが惹《ひ》かれるように手《て》を伸《の》ばし、拾《ひろ》い上《あ》げて腕《うで》に装着《そうちゃく》してみる。トウマならば触《さわ》っても、大丈夫《だいじょうぶ》なようだ。

「これは……」

それを見《み》てウィスパーが身《み》を乗《の》り出《だ》した。

「なんとこれはっ！　新《あたら》しい妖怪《ようかい》ウォッチ、というわけですか！」

エンマ大王《だいおう》もそれを見《み》て、目《め》を見開《みひら》いた。

「こいつは……妖魔法典《ようまほうてん》で見《み》たことがある。『オーガ封珠鏡《ふうじゅきょう》』……幻魔《げんま》と呼《よ》ばれる妖怪《ようかい》を呼《よ》び出《だ》すことができるものだ。これに我々流《われわれりゅう》の名前《なまえ》をつけるとするなら『妖怪《ようかい》ウォッチ・オーガ』！」

「妖怪《ようかい》ウォッチ・オーガ……」

トウマがその名《な》をつぶやくと、トウマの腕《うで》で、ウォッチがキラリと輝《かがや》いた。エンマ大王《だいおう》は続《つづ》けた。

「トウマ、そいつを使《つか》うんだ！」

「ぼ、僕《ぼく》が……!?」

「そのウォッチの力《ちから》なら、人間《にんげん》に取《と》り憑《つ》いた鬼《おに》まろを追《お》い出《だ》せるはずだ！」

「……」

トウマはじっとウォッチを見《み》つめると、決心《けっしん》して顔《かお》を上《あ》げた。赤《あか》く不気味《ぶきみ》に光《ひか》る月《つき》の下《した》で、トウマが妖怪《ようかい》ウォッチ・オーガを構《かま》える！

「ダイヤルを3時《じ》方向《ほうこう》に回《まわ》せ！」

エンマ大王《だいおう》の指示《しじ》通《どお》りに、ダイヤルを回《まわ》し3時《じ》の方向《ほうこう》に合《あ》わせた。そこには女《おんな》の幻魔《げんま》の絵《え》が描《か》かれている。

「憑依《ひょうい》！『幻魔《げんま》・お松《まつ》』！」

トウマがウォッチのボタンを押《お》すと、ウォッチの文字盤《もじばん》が飛《と》び出《だ》しぼんやりと光《ひかり》を帯《お》びた。

「トウマ、内《うち》から湧《わ》きいでるものを受《う》け入《い》れるのだ！」

「湧《わ》きいでるものを、受《う》け入《い》れる……」

トウマはウォッチを天《てん》に向《む》け、語《かた》りかけた。

「我《われ》に力《ちから》を!!」

飛《と》び出《で》た文字盤《もじばん》を押《お》し戻《もど》すと、ウォッチが強烈《きょうれつ》な光《ひかり》を放《はな》った！　光《ひかり》の真《ま》ん中《なか》に黒《くろ》い小《ちい》さなブラックホールのようなものが生《う》まれ、トウマの頭上《ずじょう》で一気《いっき》に広《ひろ》がる。そして、バチバチと周囲《しゅうい》に小《ちい》さな雷《かみなり》のようなものを発生《はっせい》させながら、幻魔《げんま》・お松《まつ》の羽衣《はごろも》が出現《しゅつげん》した。

トウマは羽衣《はごろも》をするするとまとい、まるで天女《てんにょ》のような美《うつく》しい姿《すがた》に変化《へんげ》した！

お松《まつ》がトウマに憑依《ひょうい》したのだ！　扇子《せんす》を広《ひろ》げ閉《と》じていた目《め》を開《あ》けると、お松《まつ》は高《たか》らかに宣言《せんげん》した。

「お松《まつ》、参《まい》りました！」

「！！！」

一同《いちどう》は、お松《まつ》を見上《みあ》げ新《あら》たな妖怪《ようかい》ウォッチの力《ちから》に驚《おどろ》いた。

お松《まつ》は、ひらひらと天高《てんたか》く舞《ま》い上《あ》がっていくと、空中《くうちゅう》で扇子《せんす》を扇《あお》いだ。

「はぁあああ！」

お松《まつ》が扇子《せんす》を扇《あお》ぐたびに、光《ひかり》の粒子《りゅうし》が空中《くうちゅう》に広《ひろ》まっていく。それは風《かぜ》に乗《の》って、夜《よる》の町《まち》にキラキラと、まるで光《ひかり》の雪《ゆき》のように舞《ま》い落《お》ちていく。

降《ふ》り注《そそ》ぐ光《ひかり》の粒子《りゅうし》によって、カオデカ鬼《おに》に変化《へんか》していた人々《ひとびと》は次々《つぎつぎ》と元《もと》の姿《すがた》に戻《もど》っていった。石化《せっか》していたナツメの母《はは》と弟《おとうと》も元《もと》に戻《もど》った！

「やったー！」

ナツメはふたりの姿《すがた》を見《み》て大喜《おおよろこ》びした。さらに、アキノリが上空《じょうくう》にたくさんの鬼《おに》まろたちが上《あ》がっていくのを見《み》つける。

「人《ひと》から鬼《おに》まろが抜《ぬ》けていく！」

半透明《はんとうめい》の鬼《おに》まろが、蒸発《じょうはつ》するかのように夜空《よぞら》に舞《ま》い上《あ》がっていく。

お松《まつ》の憑依《ひょうい》が解《と》けたトウマが地上《ちじょう》に降《お》りてきた。ナツメは、トウマの両手《りょうて》を握《にぎ》るとブンブン振《ふ》って嬉《うれ》しそうに笑《わら》った。

「トウマ君《くん》、やったね！」

ナツメに手《て》を握《にぎ》られ、トウマははにかんで顔《かお》を少《すこ》し赤《あか》くした。

そのときだった。山《やま》の方《ほう》から、ゴゴゴゴッ……と地鳴《じな》りがした！

エンマ大王《だいおう》は異変《いへん》を察知《さっち》し、カッと目《め》を見開《みひら》いた。

「どうしました、大王様《だいおうさま》？」

ぬらりひょんの問《と》いに、エンマ大王《だいおう》は低《ひく》い声《こえ》で言《い》った。

「やつが、来《く》る！」

23 鬼王《おにおう》・羅仙《らせん》 ついに現《あらわ》る！

町外《まちはず》れの山《やま》のふもとでは、不気味《ぶきみ》な地鳴《じな》りに、眠《ねむ》っていた鳥《とり》たちが一斉《いっせい》に目《め》を覚《さ》まし、飛《と》び立《た》っていった。

バキバキ、バキバキッ……。

風《かぜ》を巻《ま》き起《お》こし、木々《きぎ》をなぎ倒《たお》しながら、鬼王《おにおう》・羅仙《らせん》がついに姿《すがた》を現《あらわ》した！

数十《すうじゅう》メートルはある巨体《きょたい》、頭《あたま》に2本《ほん》の角《つの》がある兜《かぶと》をかぶり、巨大《きょだい》な図体《ずうたい》には、胸《むね》と両腕《りょううで》に鬼《おに》の顔《かお》の装飾《そうしょく》を施《ほどこ》した頑丈《がんじょう》な鎧《よろい》をつけている。

起《お》き上《あ》がった羅仙《らせん》は、町《まち》の方《ほう》へと飛《と》んで行《い》き、空中《くうちゅう》で首《くび》を回《まわ》して大《おお》きく息《いき》を吸《す》い込《こ》んだ。

「鬼《おに》まろたちよ、私《わたし》の一部《いちぶ》となれ！」

何万《なんまん》という鬼《おに》まろが、一斉《いっせい》に羅仙《らせん》の大《おお》きな丸《まる》い腹《はら》に吸収《きゅうしゅう》されていく。

商店街《しょうてんがい》にいた鬼島《おにじま》ゲンジが苦《くる》しみ始《はじ》めた。鬼島《おにじま》に入《はい》っていた鬼《おに》まろも、羅仙《らせん》の力《ちから》に無理《むり》やり引《ひ》っ張《ぱ》られ、体《からだ》から抜《ぬ》けていく。

「オオオオー！」

羅仙《らせん》は鬼《おに》まろリーダーをもあっさりと吸収《きゅうしゅう》し、どんどん巨大化《きょだいか》していく。その光景《こうけい》をオグ・トグ・モグが遠《とお》く離《はな》れたところから見《み》つめていた。

「なんでオレたちは吸《す》いこまれない？」

オグがトグとモグに聞《き》いた。トグとモグは嬉《うれ》しそうに言《い》った。

「妙《みょう》だな」

「妙《みょう》だ、いえーい！」

モグは嬉《うれ》しくて3つの目《め》をクルクル回《まわ》して、一回転《いっかいてん》した。

公園《こうえん》にいたナツメたちは、夜空《よぞら》に浮《う》かぶ巨大《きょだい》な羅仙《らせん》の姿《すがた》を呆然《ぼうぜん》と見《み》つめていた。

「あれが、鬼王《おにおう》・羅仙《らせん》だ……」

エンマ大王《だいおう》が言《い》った。

羅仙《らせん》は鬼《おに》まろたちを吸《す》い込《こ》み巨大化《きょだいか》しながら、上空《じょうくう》から町《まち》を見下《みお》ろしつぶやいた。

「ちょっと目《め》を離《はな》した隙《すき》に、人《ひと》という『雑菌《ざっきん》』が繁殖《はんしょく》しすぎたようだな。もはや、この胸《むね》の高鳴《たかな》りを抑《おさ》えることなどできぬ。さあ、やるぞ、世界創造《せかいそうぞう》の始《はじ》まりだ！」

羅仙《らせん》は腕《うで》を天《てん》に突《つ》き上《あ》げた。すると、手《て》の中《なか》に1本《ぽん》の大《おお》きな黒《くろ》い剣《けん》が現《あらわ》れた。

羅仙《らせん》は、その剣《けん》で、ビジネスセンタービルを斬《き》った！

ゴゴゴゴゴッ……とすさまじい音《おと》を立《た》て、粉塵《ふんじん》を舞《ま》い上《あ》げながらビルは真《ま》っ二《ぷた》つに折《お》れていく。羅仙《らせん》は、さらに手《て》から強力《きょうりょく》なエネルギービームを切断《せつだん》されたビルの断面《だんめん》に放《はな》つ。すると、断面《だんめん》から光《ひかり》が立《た》ち上《のぼ》り、あっという間《ま》に、ビルは巨大《きょだい》な玉座《ぎょくざ》に変形《へんけい》した。背《せ》もたれの中央《ちゅうおう》には不気味《ぶきみ》な目《め》が光《ひか》り、その上《うえ》に炎《ほのお》が燃《も》えている。

羅仙《らせん》はドスンと玉座《ぎょくざ》に座《すわ》ると、空中《くうちゅう》にさまよう鬼《おに》まろたちを吸《す》い上《あ》げながら言《い》った。

「まだ足《た》りぬ。鬼《おに》まろたちよ、集《あつ》まるのだ！」

24 幻魔《げんま》・義経《よしつね》VS《バーサス》不動明王《ふどうみょうおう》

羅仙《らせん》を目《ま》の当《あ》たりにしたエンマ大王《だいおう》が、トウマを呼《よ》んだ。

「トウマ！」

「!?」

「今《いま》のお前《まえ》にならフドウ雷鳴剣《らいめいけん》を使《つか》うことができるかもしれない」

エンマ大王《だいおう》の言葉《ことば》に、ウィスパーが身《み》を乗《の》り出《だ》した。

「まさか、その剣《けん》を手《て》に入《い》れたのですか!?」

「ああ。広《ひろ》い意味《いみ》ではな」

そう言《い》って、エンマ大王《だいおう》は空中《くうちゅう》に拳《こぶし》を突《つ》き出《だ》した。念《ねん》じると、空間《くうかん》がゆがんで穴《あな》が開《あ》き、ドスンと音《おと》を立《た》てて何《なに》かが落《お》ちてきた。衝撃《しょうげき》で大量《たいりょう》の土煙《つちけむり》が上《あ》がり、それがおさまると目《め》の前《まえ》に巨大《きょだい》な岩《いわ》が見《み》えてきた。岩《いわ》には、大《おお》きくて重《おも》そうな剣《けん》が突《つ》き刺《さ》さっている。

「これは……」

ぼう然《ぜん》と岩《いわ》を見《み》つめるトウマに、ナツメとアキノリが言《い》う。

「剣《けん》……？」

「いや、剣《けん》が突《つ》き刺《さ》さった岩《いわ》だろ」

「岩《いわ》に突《つ》き刺《さ》さった剣《けん》でしょ」

「岩《いわ》ごと、ここまで運《はこ》んだでうぃっすか！」

驚《おどろ》くウィスパーに、ぬらりひょんが苦笑《くしょう》してうなずく。

「強引《ごういん》だが、大王様《だいおうさま》らしいやり方《かた》だ」

「伝説《でんせつ》の妖聖剣《ようせいけん》『フドウ雷鳴剣《らいめいけん》』だ」

エンマ大王《だいおう》はトウマを振《ふ》り返《かえ》った。

「トウマよ、あの剣《けん》を抜《ぬ》いてみろ！」

「はい！」

トウマは、岩《いわ》に歩《あゆ》み寄《よ》り、黄金色《こがねいろ》に輝《かが》く剣《けん》の柄《つか》を両手《りょうて》で握《にぎ》ると、力《ちから》を込《こ》めて、ぐうっと引《ひ》っ張《ぱ》った。

「くぅうう……」

見守《みまも》るナツメとアキノリも思《おも》わず一緒《いっしょ》に力《りき》んでしまう。

トウマに応《こた》えるように、妖怪《ようかい》ウォッチ・オーガがうっすらと光《ひかり》を帯《お》びる。

「うおおおおおっ！」

トウマが雄叫《おたけ》びを上《あ》げて力《ちから》を振《ふ》り絞《しぼ》った。しかし、剣《けん》は抜《ぬ》けず、トウマは勢《いきお》い余《あま》って後《うし》ろに倒《たお》れて岩《いわ》から転《ころ》げ落《お》ちてしまった。

「イタタ……」

そのときだった。フドウ雷鳴剣《らいめいけん》が光《ひか》り輝《かがや》き、トウマに語《かた》りかけてきた。

「聞《き》かせてもらおう、我《われ》の力《ちから》をなぜ欲《ほっ》する？」

びっくりして剣《けん》を見《み》ると、半透明《はんとうめい》の不動明王《ふどうみょうおう》の姿《すがた》がゆらゆらと浮《う》かび上《あ》がってきた。

「答《こた》えられぬのならば、この場《ば》でおぬしを斬《き》る！」

不動明王《ふどうみょうおう》は、光《ひか》る青《あお》い目《め》に白《しろ》い髪《かみ》をなびかせ、炎《ほのお》のような赤《あか》い衣《ころも》をまとい、大《おお》きな体《からだ》でフドウ雷鳴剣《らいめいけん》をトウマに突《つ》きつける！

「どうした、答《こた》えよ！　我《われ》の力《ちから》をなぜ欲《ほっ》する？」

「それは……」

トウマは、妖怪《ようかい》ウォッチ・オーガを見《み》た。オーガが、ぼうっと光《ひか》っている。トウマはすかさずウォッチを構《かま》えると、ダイヤルを光《ひか》る６時《じ》の方向《ほうこう》に合《あ》わせ、腕《うで》を天《てん》に突《つ》き上《あ》げた。

「憑依《ひょうい》！『幻魔《げんま》・義経《よしつね》』我《われ》に力《ちから》を！」

すると、トウマの頭上《ずじょう》に出現《しゅつげん》したブラックホールから、空気《くうき》を切《き》り裂《さ》くような鋭《するど》い横笛《よこぶえ》の音色《ねいろ》とともに幻魔《げんま》・義経《よしつね》が現《あらわ》れる！　義経《よしつね》は後《うし》ろで縛《しば》った長《なが》い髪《かみ》をなびかせ、カッと目《め》を見開《みひら》いた。

「義経《よしつね》、参上《さんじょう》！」

「ほう。まあよい。戦《たたか》うというのならば、それもよかろう。思《おも》い知《し》るがよい！」

不動明王《ふどうみょうおう》は、キッと怖《こわ》い顔《かお》をして剣《けん》を構《かま》えた。しかし、義経《よしつね》は静《しず》かに言《い》う。

「我《われ》が欲《ほ》しいのは、力《ちから》ではない」

「なに⁉」

「貴殿《きでん》の問《と》いに答《こた》えているのだ。我《われ》が欲《ほ》しいのは、力《ちから》ではない。我《われ》が欲《ほ》しいのは『和《わ》』だ」

不動明王《ふどうみょうおう》は意外《いがい》な言葉《ことば》に眉《まゆ》をひそめた。

「和《わ》だと……？」

「和《わ》とは、皆《みな》が平和《へいわ》に暮《く》らせる、穏《おだ》やかなる平静《へいせい》のこと。そのためにわずかひととき、貴《き》殿《でん》の剣《つるぎ》、我《われ》に預《あず》けるがよい」

「……和《わ》か。平和《へいわ》を得《え》るために我《われ》の力《ちから》を借《か》りたいと申《もう》すか……」

ナツメたちが息《いき》を飲《の》んで見守《みまも》る中《なか》、不動明王《ふどうみょうおう》は静《しず》かに笑《わら》った。

「ふふふっ、よかろう。我《われ》の力《ちから》、お主《ぬし》に預《あず》けよう！」

そう言《い》うと、不動明王《ふどうみょうおう》はすっと姿《すがた》を消《け》し、岩《いわ》に刺《さ》さった剣《けん》が光《ひかり》を放《はな》った。

「今《いま》だ、トウマ！　剣《けん》を抜《ぬ》け！」

エンマ大王《だいおう》の言葉《ことば》に、トウマは憑依《ひょうい》を解《と》いて剣《けん》を強《つよ》く握《にぎ》りしめた。そして、目《め》いっぱいの力《ちから》を込《こ》めて思《おも》いきり引《ひ》っ張《ぱ》る。

「はぁあああああ！」

剣《けん》が少《すこ》しずつ動《うご》き、岩《いわ》から抜《ぬ》けていく。そしてついに、バキッと岩《いわ》に大《おお》きなひびが入《はい》り、トウマはフドウ雷鳴剣《らいめいけん》を引《ひ》き抜《ぬ》いた！

「やったー!!」

ナツメたちは歓声《かんせい》を上《あ》げた。

青《あお》い宝石《ほうせき》がはめ込《こ》まれた黄金《おうごん》の持《も》ち手《て》を両手《りょうて》で支《ささ》え、トウマは自分《じぶん》には大《おお》きすぎるその剣《けん》を見《み》つめた。

「これがフドウ雷鳴剣《らいめいけん》……」

すると、剣《けん》は激《はげ》しく光《ひか》り輝《かがや》いた後《あと》、小《ちい》さく縮《ちぢ》んでトウマの手《て》の中《なか》におさまった。

「剣《けん》がトウマを所有者《しょゆうしゃ》と認《みと》めたようだな。さあ、行《い》くぞ！」

エンマ大王《だいおう》のかけ声《ごえ》にトウマはしっかりとうなずいた。

その頭上《ずじょう》で、鬼《おに》まろ3匹《びき》が、声《こえ》をかけたそうにトウマを見守《みまも》っていた。

25　恐《おそ》るべし！　羅仙《らせん》の力《ちから》

鬼《おに》まろたちは渦《うず》を巻《ま》いて羅仙《らせん》にどんどん吸収《きゅうしゅう》されていく。羅仙《らせん》はますます大《おお》きくなって玉座《ぎょくざ》から立《た》ち上《あ》がると、空中《くうちゅう》を進《すす》み、さくら元町《もとまち》の中心部《ちゅうしんぶ》を破壊《はかい》し始《はじ》めた。強大《きょうだい》なエネルギーのビームを鞭《むち》のようにしならせて次々《つぎつぎ》とビルを破壊《はかい》していく。高層《こうそう》ビルが崩《くず》れ落《お》ち、瓦礫《がれき》がまるで雨《あめ》のように降《ふ》り注《そそ》ぐ。

町《まち》の中心部《ちゅうしんぶ》に到着《とうちゃく》したナツメたちは、その光景《こうけい》にあ然《ぜん》とした。

「何《なに》あれ……」

「さっきよりパワーアップしてる!?」

ナツメとアキノリが目《め》を丸《まる》くしていると、羅仙《らせん》の剣《けん》の一振《ひとふ》りで生《う》まれた衝撃波《しょうげきは》と瓦礫《がれき》がナツメたちを襲《おそ》った。おばばが吹《ふ》き飛《と》ばされ、地面《じめん》にドサッと倒《たお》れる。ミッチーが急《いそ》いでおばばを安全《あんぜん》な場所《ばしょ》へ運《はこ》ぶ。

そのとき、羅仙《らせん》が不気味《ぶきみ》な笑《わら》い声《ごえ》を上《あ》げた。エンマ大王《だいおう》がとっさに言《い》う。

「まずい！」

羅仙《らせん》は、手《て》の中《なか》でためていたエネルギーの球《たま》をエンマ大王《だいおう》たちめがけて放《はな》った！

エンマ大王《だいおう》とぬらりひょんは、両手《りょうて》から妖気《ようき》を発《はっ》して対抗《たいこう》する。同時《どうじ》に、エンマ大王《だいおう》は覚醒《かくせい》エンマへと変化《へんか》し、全身《ぜんしん》にすさまじいオーラをほとばしらせて、次々《つぎつぎ》と放《はな》たれる球《たま》を食《く》い止《と》める。

「ぬうぉおおお！」

しかし、羅仙《らせん》の威力《いりょく》はすさまじく、覚醒《かくせい》エンマですら徐々《じょじょ》に押《お》し戻《もど》され、ついには、クリスタルの結晶《けっしょう》の中《なか》にエンマ大王《だいおう》とぬらりひょんは封《ふう》じこめられてしまった。

ショックを受《う》けるナツメたちをあざ笑《わら》うように、羅仙《らせん》は指先《ゆびさき》でクリスタルを楽《たの》しそうにもてあそんだ。そして、中《なか》に封《ふう》じこめられているエンマ大王《だいおう》とぬらりひょんに言《い》った。

「お前《まえ》たちの利用価値《りようかち》はそのうち考《かんが》えてやろう。今《いま》はそこで世界《せかい》の終《お》わりを見物《けんぶつ》していろ」

羅仙《らせん》がぽいと放《ほう》ると、クリスタルは玉座《ぎょくざ》の近《ちか》くまで飛《と》んで行《い》ってしまった。

「どうするでうぃっす？」

「やばそう……」

「強烈《きょうれつ》すぎるニャン……」

ウィスパー、アキノリ、ジバニャンがそれぞれ弱気《よわき》な発言《はつげん》をする中《なか》、ナツメはみんなの方《ほう》に向《む》き直《なお》った。

「みんな！　相手《あいて》がどんなに強《つよ》くたって戦《たたか》わなきゃ。このままじゃみんながやられる」

トウマがナツメに応《こた》えるようにうなずいた。

「フドウ雷鳴剣《らいめいけん》だってある！　戦《たたか》えるかもしれないよ。それに、僕《ぼく》は、こうなった責任《せきにん》を取《と》りたい。だから……戦《たたか》おう！」

トウマの決意《けつい》を聞《き》いて、アキノリも腕《うで》を振《ふ》り上《あ》げた。

「おっしゃ!!　その意気《いき》だ！　ここでビビっててもしょうがないしな」

ジバニャン、コマさん、ウィスパー、ミッチーもナツメたちに続《つづ》く。

ナツメは、トウマとアキノリをキリッとした顔《かお》で見《み》つめうなずいた。アキノリとトウマも互《たが》いの顔《かお》を見合《みあ》った。

「まだ知《し》り合《あ》ったばかりだけど、お前《まえ》らみたいな友達《ともだち》ができてよかったぜ」

アキノリが笑顔《えがお》を見《み》せた。トウマは少《すこ》し驚《おどろ》いて言《い》った。

「友達《ともだち》……？　僕《ぼく》たちが……？」

「そうさ！　俺《おれ》たち、もう友達《ともだち》だろ！」

にっこりと笑《わら》うアキノリを見《み》て、トウマはつぶやいた。

「アキノリくん……」

「アキノリって呼《よ》べよな！」

「私《わたし》も、ナツメでいいよ」

ふたりは笑顔《えがお》でトウマに一歩《いっぽ》、歩《あゆ》み寄《よ》った。

「アキノリ……ナツメ……」

トウマは、照《て》れくさそうにはにかんだ。

「よし！　行《い》こう！」

ナツメが大《おお》きな声《こえ》で言《い》った。

人間《にんげん》と妖怪《ようかい》の混合《こんごう》チームは、文字通《もじどお》り命《いのち》をかけた最後《さいご》の戦《たたか》いに向《む》け、歩《ある》きだした。

26 いざ、決戦《けっせん》！

ナツメたちは羅仙《らせん》に向《む》かってまっすぐに歩《ある》いていく。羅仙《らせん》は立《た》ち向《む》かってくる小《ちい》さな者《もの》たちを見《み》て、

「ほう、妖怪《ようかい》と人間《にんげん》が手《て》を取《と》り合《あ》って私《わたし》に立《た》ち向《む》かうか。面白《おもしろ》い」

と言《い》うと、その手《て》から人魂《ひとだま》のような形《かたち》の妖気《ようき》を放《はな》った。それは空中《くうちゅう》で3体《たい》の骸骨《がいこつ》の妖魔《ようま》『ガシャどくろ』に変化《へんげ》した。

「僕《ぼく》がやる！」

トウマが勇《いさ》ましい表情《ひょうじょう》で一歩前《いっぽまえ》へ進《すす》み出《で》ると、妖怪《ようかい》ウォッチ・オーガを構《かま》え、ダイヤルを0時《じ》に合《あ》わせてボタンを押《お》す。

「憑依《ひょうい》！『幻魔《げんま》・五右衛門《ごえもん》』、我《われ》に力《ちから》を！」

すると、オーガから解《と》き放《はな》たれた幻魔《げんま》・五右衛門《ごえもん》がブラックホールを通《つう》じてトウマの体《からだ》に憑依《ひょうい》した。大《おお》きくて強《つよ》そうなその幻魔《げんま》は、6本《ぽん》ある腕《うで》のすべてに剣《けん》を握《にぎ》り、ガシャどくろたちの前《まえ》に立《た》ちはだかった！

「はああっ！　五右衛門《ごえもん》、見《けん》・参《ざん》！」

ガシャどくろは、3体同時《たいどうじ》に襲《おそ》いかかってきた。五右衛門《ごえもん》は、6本《ぽん》の剣《けん》を操《あやつ》りながら、高《たか》く飛《と》びあがる。

「天昇《てんしょう》〜乱《らん》〜舞《ぶ》〜斬《ざん》！」

五右衛門《ごえもん》は、自分《じぶん》の体《からだ》を軸《じく》にコマのように高速回転《こうそくかいてん》しながら剣先《けんさき》で次々《つぎつぎ》とガシャどくろを切《き》り刻《きざ》み、ガシャどくろは粉々《こなごな》に散《ち》っていった。しかし、直後《ちょくご》に五右衛門《ごえもん》は、羅仙《らせん》の大《おお》きな図体《ずうたい》から繰《く》り出《だ》されたパンチを受《う》け、地面《じめん》に思《おも》いきり叩《たた》きつけられてしまう。衝撃《しょうげき》で憑依《ひょうい》が解《と》け、トウマに戻《もど》る。

「ううっ……」

「……」

ナツメとアキノリは、絶句《ぜっく》した。

次《つぎ》にジバニャンたち妖怪《ようかい》チームが一斉《いっせい》に羅仙《らせん》に攻撃《こうげき》を仕掛《しか》ける！

「行《い》くニャン！」

ジバニャン、コマさん、ミッチーは、シャドウサイドに変化《へんか》！　最大《さいだい》パワーで、羅仙《らせん》に攻撃開始《こうげきかいし》！

まずはジバニャンが必殺技《ひっさつわざ》を繰《く》り出《だ》す。

「百猫烈弾《ひゃくねこれつだん》！」

無数《むすう》の化《ば》け猫《ねこ》が羅仙《らせん》の体《からだ》めがけて突《つ》っ込《こ》んでいく！　しかし、羅仙《らせん》の鎧《よろい》に浮《う》かぶ魔法陣《まほうじん》にあっさりと弾《はじ》き返《かえ》されてしまった。

続《つづ》いて、狛犬《こまいぬ》の巨岩《きょがん》と化《か》したコマさんが、掛《か》け声《ごえ》とともに羅仙《らせん》の頭部《とうぶ》を直撃《ちょくげき》する！

「落下犬岩石《らっかいぬがんせき》！」

しかし兜《かぶと》に当《あ》たり、狛犬《こまいぬ》はあえなく砕《くだ》け散《ち》った。

最後《さいご》に、ミッチーが恐《おそ》ろしい3本首《ぼんくび》の妖怪《ようかい》ミツマタノヅチに変化《へんか》して戦《たたか》う。

「ぐるるーっ！」

カエルのようにかがんで、羅《ら》仙《せん》の体《からだ》めがけて高《たか》く飛《と》び上《あ》がる！　しかし、羅《ら》仙《せん》は、ミツマタノヅチを片手《かたて》で軽々《かるがる》と持《も》ち上《あ》げると、地面《じめん》に叩《たた》きつけた。

「ぐはっ！」

ミツマタノヅチは、ミッチーの姿《すがた》に戻《もど》ってしまい、生《う》まれたての小鹿《こじか》のように足《あし》をカクカクさせ、立《た》つことすらできない。ミッチーは、膝《ひざ》からガクッとその場《ば》に倒《たお》れた。

そして、羅《ら》仙《せん》はゆっくりとナツメたちに近《ちか》づいてきた。

「ふふふ。人間《にんげん》ごときが我《われ》に歯向《はむ》かったところで、どうすることもできぬわ」

しかし、ナツメはひるまない。

「できる!!　どんなことをしてもあなたを倒《たお》す!!　みんなの心《こころ》を利用《りよう》して、世界《せかい》を支配《しはい》しようなんて、最低《さいてい》よ！」

ナツメの言葉《ことば》に羅《ら》仙《せん》は大声《おおごえ》で笑《わら》った。

「はーっはは！　笑《わら》わせるな。人間《にんげん》の命《いのち》など、風《かぜ》が吹《ふ》けば消《き》えるくらいちっぽけであろう」

羅仙《らせん》は指《ゆび》をちょいと動《うご》かし瓦礫《がれき》を操《あやつ》ると、ナツメの真上《まうえ》で落下《らっか》させた！　アキノリが、素早《すばや》く人差《ひとさ》し指《ゆび》と中指《なかゆび》を立《た》て空中《くうちゅう》に五芒星《ごぼうせい》の印《いん》を描《えが》き、星形《ほしがた》の光《ひかり》を瓦礫《がれき》に向《む》かって投《な》げる！　星《ほし》が命中《めいちゅう》し、瓦礫《がれき》は砕《くだ》けて小《ちい》さな破片《はへん》となり、間一髪《かんいっぱつ》、ナツメは助《たす》かった。アキノリはナツメをかばうように前《まえ》に出《で》た。

「バカにすんな！　人間《にんげん》だって、やるときはやるぞ！」

「ほう。人間《にんげん》が妖術《ようじゅつ》を。では、人間《にんげん》の力《ちから》とやらを見《み》せてみろ」

羅仙《らせん》は、ふたりに向《む》かって剣《けん》を振《ふ》りかぶった。

「今度《こんど》は僕《ぼく》が守《まも》る！」

トウマは、妖怪《ようかい》ウォッチ・オーガを構《かま》え、ダイヤルを9時《じ》に合《あ》わせた。

「憑依《ひょうい》！　『幻魔《げんま》・弁慶《べんけい》』、我《われ》に力《ちから》を！」

ブラックホールを経由《けいゆ》して、トウマの体《からだ》に巨大《きょだい》な幻魔《げんま》・弁慶《べんけい》が憑依《ひょうい》する。頭巾《ずきん》をして大《おお》きな数珠《じゅず》を首《くび》からさげた弁慶《べんけい》は、ドスンと地面《じめん》に着地《ちゃくち》すると、両手《りょうて》を前後《ぜんご》に伸《の》ばして見得《みえ》を切《き》った。

「ははっ！　弁慶《べんけい》、推《お》して参《まい》る!!」

羅仙《らせん》は弁慶《べんけい》をひとにらみすると、その頭上《ずじょう》に剣《けん》を振《ふ》り下《お》ろす。弁慶《べんけい》は巨大《きょだい》な剣《けん》を両手《りょうて》で挟《はさ》んでとらえた！

「真剣白刃《しんけんしらは》どり！」

剣《けん》を取《と》った衝撃《しょうげき》で地面《じめん》が沈《しず》み、土煙《つちけむり》が舞《ま》い上《あ》がる。羅仙《らせん》は、容赦《ようしゃ》なくぐいぐいと剣《けん》を押《お》しこんでくる。

「その程度《ていど》の力《ちから》で、何《なに》も守《まも》ることなどできぬっ！」

ついに、羅仙《らせん》はものすごい勢《いきお》いで剣《けん》を地面《じめん》に叩《たた》きつけた。地面《じめん》が割《わ》れるような衝撃《しょうげき》が走《はし》り、全員《ぜんいん》吹《ふ》き飛《と》ばされる。憑依《ひょうい》が解《と》け、倒《たお》れたトウマの耳《みみ》に、ナツメの悲鳴《ひめい》が聞《き》こえてきた。

「きゃあああ！」

「うっ……ナツメさん！」

見《み》ると、羅仙《らせん》がナツメをつまみ上《あ》げ、手《て》のひらに乗《の》せたところだ。

「人間《にんげん》よ。自《みずか》らのはかなさを思《おも》い知《し》るがよい！」

そう言《い》ってふぅーと息《いき》を吐《は》き出《だ》した。

「！！！」

羅仙《らせん》の口《くち》から出《で》た無数《むすう》の針《はり》がナツメの体《からだ》をかすめていく。服《ふく》が破《やぶ》れ、血《ち》が飛《と》び、おさげにしていた髪《かみ》が切《き》れる。

「ううっ！」

「ナツメさん！」

トウマはナツメに向《む》かって叫《さけ》んだ。

羅仙《らせん》は、ハエを追《お》い払《はら》うように傷《きず》だらけのナツメの体《からだ》を吹《ふ》き飛《と》ばした。ナツメは、羅仙《らせん》の巨体《きょたい》から、ゆっくりゆっくりと落下《らっか》していった……。

「ナツメさ――――んっ！」

辺《あた》りが一瞬《いっしゅん》静《しず》まり返《かえ》る……。

ナツメの体《からだ》はまるでボロ布《ぬの》のようになって、大《おお》きな川《かわ》に落《お》ちてゆく。水柱《みずばしら》が上《あ》がるのを、アキノリとトウマはただぼう然《ぜん》と見《み》つめていた……。

27　ナツメのアーク・青龍《せいりゅう》、現《あらわ》る！

沈黙《ちんもく》を破《やぶ》るように、羅仙《らせん》の低《ひく》い笑《わら》い声《ごえ》が周囲《しゅうい》に響《ひび》いた。

「ふふふ。あっけなく仲間《なかま》は死《し》んだぞ。人《ひと》よ、己《おのれ》の無力《むりょく》さを知《し》るがいい」

羅仙《らせん》は、狙《ねら》いすましたようにトウマを見《み》てニヤリと笑《わら》った。

「少年《しょうねん》よ、この結果《けっか》を招《まね》いたのは、お前《まえ》のせいではないのか？」

「！」

トウマは、目《め》を見開《みひら》いて羅仙《らせん》を見上《みあ》げた。

「お前《まえ》のおかげで私《わたし》は大《おお》きな力《ちから》を得《え》ることができた。感謝《かんしゃ》するぞ」

「なに言《い》ってんだ、お前《まえ》！」

羅仙《らせん》に歯向《はむ》かうアキノリの横《よこ》で、トウマがガクッと膝《ひざ》から崩《くず》れた。

「そうだ……こうなったのは僕《ぼく》のせい、そうなんだ……全部《ぜんぶ》僕《ぼく》のせいなんだ……」

顔《かお》を伏《ふ》せ一点《いってん》を見《み》つめるトウマに、アキノリは駆《か》け寄《よ》った。

「トウマのせいじゃない！　あいつらに利用《りよう》されただけだ！」

「違《ちが》うよ。僕《ぼく》なんだ……僕《ぼく》があんなことしなければ……」

トウマの心《こころ》は、再《ふたた》び闇《やみ》に沈《しず》もうとしていた。


ナツメの体《からだ》が、ゆっくりゆっくりと暗《くら》く深《ふか》い水底《すいてい》へ沈《しず》んでいく——。

（私《わたし》……死《し》ぬの……？）

薄《うす》れゆく意識《いしき》の中《なか》でナツメがぼんやりと死《し》を覚悟《かくご》したとき、胸《むね》につけていたペンダントがふわりと外《はず》れ、石《いし》のペンダントヘッドが妖怪《ようかい》ウォッチ・エルダに触《ふ》れた。ナツメの腕《うで》で、妖怪《ようかい》ウォッチが光《ひかり》を放《はな》つ。その光《ひかり》が反射《はんしゃ》し水《みず》がキラキラ輝《かが》くと、懐《なつ》かしい感触《かんしょく》がナツメの腕《うで》を掴《つか》んだ。

「この手《て》は……あのときの……」

幼《おさな》いとき、川《かわ》で溺《おぼ》れたナツメを助《たす》けてくれたあの美《うつく》しい緑色《みどりいろ》の鱗《うろこ》のある手《て》が、再《ふた》びナツメを助《たす》けに来《き》たのだ。ナツメは、水中《すいちゅう》ではっきりと覚醒《かくせい》した。呼吸《こきゅう》も苦《くる》しくない。

「！」

ナツメは水中《すいちゅう》に1匹《ぴき》の大《おお》きな龍《りゅう》を見《み》た！　ナツメの体《からだ》がゆっくりと流《なが》れて龍《りゅう》の背中《せなか》に乗《の》る。

龍《りゅう》はナツメを背中《せなか》に乗《の》せて水面《すいめん》まで浮上《ふじょう》すると、空中《くうちゅう》へ一気《いっき》に舞《ま》い上《あ》がった。

「うぐっ！」

突然川《とつぜんかわ》から現《あらわ》れた龍《りゅう》の一撃《いちげき》で羅仙《らせん》が初《はじ》めてひるんだ。すかさず放《はな》たれた羅仙《らせん》の反撃《はんげき》を龍《りゅう》はひらりとかわす。

トウマとアキノリは目《め》を見張《みは》った。そして、ふたりの目《め》に龍《りゅう》の背中《せなか》に乗《の》るナツメが見《み》えた！

「ナツメさん！　よかった……」

龍《りゅう》は、ナツメを背中《せなか》に乗《の》せて、神々《こうごう》しく空《そら》を駆《か》けている。

「ありがとう！　また、私《わたし》を助《たす》けてくれて」

ナツメはその背中《せなか》をなでた。すると、龍《りゅう》は穏《おだ》やかな声《こえ》で言《い》った。

「助《たす》けてくれたのは君《きみ》さ。私《わたし》がまだ小《ちい》さかったころ、子供《こども》たちにいたずらをされているところを君《きみ》が助《たす》けてくれた。だから、私《わたし》は君《きみ》を見守《みまも》ると決《き》めたのだ」

「あなたも……妖怪《ようかい》なの？」

「いかにも。わたしは『青龍《せいりゅう》』」

すると、ナツメのペンダントの石《いし》が砕《くだ》け、中《なか》に入《はい》っていたものがナツメの前《まえ》にふわりと飛《と》んできた。

「これは……？」

「これは私《わたし》のアーク。君《きみ》が大切《たいせつ》にしてくれていたもの。これを君《きみ》に返《かえ》そう！」

そして、さらに、３つのアークがナツメの手《て》に降《ふ》ってきた。

「そして、これはわが同志《どうし》のアーク。これを使《つか》って戦《たたか》うんだ！」

「うん！」

28　最強妖怪《さいきょうようかい》　総攻撃《そうこうげき》！

ナツメは、青龍《せいりゅう》の背中《せなか》で髪《かみ》を結《むす》び直《なお》すと、再《ふたた》び羅仙《らせん》に立《た》ち向《む》かう。

「よくもやってくれたわね。反撃《はんげき》させてもらうわ！」

そう言《い》うと、ナツメは青龍《せいりゅう》からもらったアークを妖怪《ようかい》ウォッチ・エルダにセットした。

「召喚《しょうかん》！　私《わたし》のともだち！　出《で》てこい、ふぶき姫《ひめ》！　メラメライオン！　雷《らい》オトン！」

エルダが強《つよ》い光《ひかり》を放《はな》つ。

「友達《ともだち》の友達《ともだち》は、みな友達《ともだち》よ!!」

ナツメの声《こえ》とともに、背後《はいご》にできた大《おお》きな3つの影《かげ》がぐうっと上方《じょうほう》に伸《の》び、それが光《ひかり》に変《か》わって、3体《たい》の妖怪《ようかい》が現《あらわ》れた！

氷《こおり》の髪飾《かみかざ》りに着物《きもの》をセクシーに着《き》こなした身震《みぶる》いするほど美《うつく》しい妖怪《ようかい》ふぶき姫《ひめ》、炎《ほのお》のような赤《あか》いたてがみを持《も》ち、荒《あら》ぶる闘気《とうき》を抑《おさ》えきれず吼《ほ》えるメラメライオン、そして最後《さいご》にグレーのひげを顔《かお》じゅうに生《は》やし背中《せなか》に輪《わ》を背負《せお》って雷雲《らいうん》に乗《の》った雷《らい》オトンが、両手《りょうて》の拳《こぶし》を握《にぎ》って力強《ちからづよ》く雄叫《おたけ》びを上《あ》げた。

3体《たい》の妖怪《ようかい》たちは羅仙《らせん》を囲《かこ》み、それぞれ最大《さいだい》パワーで吹雪《ふぶき》、炎《ほのお》、稲妻《いなずま》の激《はげ》しい攻撃《こうげき》を繰《く》り出《だ》す！　羅仙《らせん》は剣《けん》を振《ふ》り回《まわ》して応戦《おうせん》するが、妖怪《ようかい》たちの猛攻《もうこう》に初《はじ》めてダメージを受《う》ける。

その間《あいだ》に、青龍《せいりゅう》はナツメをトウマとアキノリのもとへ連《つ》れて行《い》った。

「みんな！」

「ナツメ！」

駆《か》け寄《よ》り、喜《よろこ》び合《あ》う3人《にん》を見《み》て青龍《せいりゅう》は羅仙《らせん》と戦《たたか》うため上空《じょうくう》に戻《もど》った。そして、羅仙《らせん》に水《みず》攻撃《こうげき》を仕掛《しか》ける！

さらに、蛇王《じゃおう》カイラがエンマ大王《だいおう》たちを助《たす》けに現《あらわ》れた！　封印《ふういん》されているクリスタルに向《む》かって思《おも》いきり蛇王剣《じゃおうけん》を突《つ》き立《た》て、全身全霊《ぜんしんぜんれい》を込《こ》めて雄叫《おたけ》びを上《あ》げる。

「はぁぁあ！」

ついに、クリスタルが砕《くだ》け、中《なか》からエンマ大王《だいおう》とぬらりひょんが飛《と》び出《だ》してきた！　ふたりを見《み》ると、カイラはふっとほほ笑《え》み、力尽《ちからつ》きて地上《ちじょう》へと落下《らっか》していった。

「カイラ！」

「我々《われわれ》を救《すく》い出《だ》すために妖力《ようりょく》を使《つか》いきったかと……」

ぬらりひょんがカイラを抱《だ》きかかえ、エンマ大王《だいおう》に言《い》った。

上空《じょうくう》では、青龍《せいりゅう》、雷《らい》オトン、ふぶき姫《ひめ》、メラメライオンがフォーメーションを組《く》み、パワーをひとつに集《あつ》めた巨大《きょだい》なエネルギー弾《だん》を完成《かんせい》させ、羅仙《らせん》に撃《う》ちこむ！　４つのパワーがスクリューのようにひとつに絡《から》みあって羅仙《らせん》に襲《おそ》いかかる。羅仙《らせん》は、鎧《よろい》で魔法陣《まほうじん》を作《つく》って防御《ぼうぎょ》したが耐《た》えきれず、魔法陣《まほうじん》が割《わ》れると同時《どうじ》に鎧《よろい》が音《おと》を立《た》てて砕《くだ》け散《ち》った！

「く……っ」

地上《ちじょう》で戦《たたか》いを見守《みまも》っていたナツメとトウマとアキノリは歓声《かんせい》を上《あ》げた。

「やったー！」

「すげーっ！」

しかし、その直後《ちょくご》のことだった。

「フハハハハハッ」

羅仙《らせん》が不気味《ぶきみ》な笑《わら》い声《ごえ》を上《あ》げた。

「!?」

羅仙《らせん》はいきなり大《おお》きなエネルギーを放出《ほうしゅつ》した！　辺《あた》り一帯《いったい》を、まぶしい光《ひかり》が包《つつ》みこむ。

エンマ大王《だいおう》がナツメたちをとっさにかばったが、その強大《きょうだい》なエネルギーの一撃《いちげき》で、ふぶき姫《ひめ》、メラメライオン、雷《らい》オトン、そして青龍《せいりゅう》は一《いっ》気《き》に消《け》し去《さ》られてしまった。

「ハハハハハハッ」

羅仙《らせん》は、ついに完成形《かんせいけい》となった……これまでの丸《まる》く膨《ふく》らんだ体《からだ》から筋肉質《きんにくしつ》の新《あら》たな体《からだ》へと進化《しんか》を遂《と》げている。

その姿《すがた》に一同《いちどう》はあ然《ぜん》とした。

「ダメなのか……」

トウマがつぶやく。しかしエンマ大王《だいおう》は力強《ちからづよ》く言《い》った。

「いや、羅仙《らせん》の鎧《よろい》が破壊《はかい》された！　トウマ、フドウ雷鳴剣《らいめいけん》を使《つか》うんだ！」

「うん！　だけど、使《つか》い方《かた》がわからないんだ……」

トウマは小《ちい》さくなったフドウ雷鳴剣《らいめいけん》を取《と》り出《だ》した。

「人間界《にんげんかい》で使《つか》うには、フドウ雷鳴剣《らいめいけん》の『妖気周波《ようきしゅうは》』を人間世界《にんげんせかい》向《む》けに調整《ちょうせい》しなければ」

「それってどうするの？」

「妖怪《ようかい》ウォッチ・オーガにフドウ雷鳴剣《らいめいけん》を差《さ》しこむんだ！」

「うん、やってみる！」

トウマは、妖怪《ようかい》ウォッチ・オーガを構《かま》えた。そして右手《みぎて》で小《ちい》さなフドウ雷鳴剣《らいめいけん》を持《も》つと、妖怪《ようかい》ウォッチ・オーガにぐっと差《さ》しこむ。すると、ウォッチが、今《いま》までとは比《くら》べものにならないほど強《つよ》く眩《まぶ》しい光《ひかり》を発《はっ》し、文字盤《もじばん》が飛《と》び出《だ》してきた。トウマは剣《けん》を抜《ぬ》き、文字盤《もじばん》を押《お》し込《こ》んだ。ウォッチから大《おお》きな赤《あか》い炎《ほのお》のオーラが舞《ま》い上《あ》がり、トウマの目《め》に光《ひかり》が宿《やど》る！

「憑依《ひょうい》！『剣武魔神《けんぶまじん》・不動明王《ふどうみょうおう》』、我《われ》に力《ちから》を！」

トウマはフドウ雷鳴剣《らいめいけん》を空《そら》に向《む》かって投《な》げた！

炎《ほのお》のオーラをまとって、剣《けん》はぐんぐん上昇《じょうしょう》し、上空《じょうくう》にできた巨大《きょだい》な渦《うず》の中《なか》へと吸《す》い込《こ》まれていった。渦《うず》のいたるところから稲妻《いなずま》が発生《はっせい》し、不動明王《ふどうみょうおう》の衣《ころも》とともに再《ふたた》び剣《けん》が現《あらわ》れた。

衣《ころも》が地表《ちひょう》に向《む》かって大《おお》きく広《ひろ》がりトウマを包《つつ》み込《こ》む。そして、不動明王《ふどうみょうおう》がトウマに憑依《ひょうい》して、空中《くうちゅう》で両手《りょうて》を広《ひろ》げた。

「不動明王《ふどうみょうおう》、参《まい》る！」

フドウ雷鳴剣《らいめいけん》を振《ふ》りかぶって、不動明王《ふどうみょうおう》は羅仙《らせん》に突進《とっしん》していく。強烈《きょうれつ》な一斬《ひとき》りが、羅仙《らせん》の手首《てくび》を切《き》り落《お》とす！

「ぐはっ！」

地上《ちじょう》で戦《たたか》いを見守《みまも》っていたアキノリが思《おも》わず声《こえ》を上《あ》げた。

「やった！」

「これは倒《たお》せるかもしれませんよぉ」

ウィスパーもガッツポーズをした。

しかし、すぐに新《あたら》しい手《て》が生《は》えてきて、羅仙《らせん》はニタァと不気味《ぶきみ》な笑《え》みを浮《う》かべた。不動《ふどう》明王《みょうおう》は、再《ふたた》び羅仙《らせん》に向《む》かって剣《けん》を振《ふ》りかぶるが、羅仙《らせん》は余裕《よゆう》で攻撃《こうげき》をかわしていく。

「速《はや》いな……」

エンマ大王《だいおう》は、表情《ひょうじょう》を険《けわ》しくした。ナツメたちにも不安《ふあん》が募《つの》る。

そのとき、ぬらりひょんに妖気《ようき》を分《わ》け与《あた》えてもらったカイラが、エンマ大王《だいおう》の目《め》の前《まえ》に現《あらわ》れた。

「カイラ！」

「エンマよ！　俺《おれ》に波長《はちょう》を合《あ》わせろ」

「なんだと……まさか！」

エンマ大王《だいおう》は、カイラの意思《いし》を察《さっ》しうなずいた。

カイラはエンマ大王《だいおう》の肩《かた》に手《て》を置《お》くと、光《ひかり》になってエンマ大王《だいおう》の体《からだ》の中《なか》に入《はい》っていった。

次《つぎ》の瞬間《しゅんかん》、エンマ大王《だいおう》の内側《うちがわ》から強烈《きょうれつ》な光《ひかり》が放《はな》たれた！　エンマブレードと蛇王剣《じゃおうけん》が光《ひかり》の中《なか》で輪《わ》を描《えが》くように回転《かいてん》し、ひとつになる。その新《あら》たな武器《ぶき》をつかみ、光《ひかり》の中《なか》から『闇《やみ》エンマ』が姿《すがた》を現《あらわ》した。

闇《やみ》エンマは、黒《くろ》地《じ》に金《きん》の装飾《そうしょく》を施《ほどこ》した衣《ころも》に、カイラを彷彿《ほうふつ》させる青《あお》い毛皮《けがわ》を巻《ま》きつけ、不敵《ふてき》な笑《え》みを浮《う》かべ、羅仙《らせん》と不動明王《ふどうみょうおう》のいる上空《じょうくう》へと高《たか》くジャンプした。

「ふぅううう……」

闇《やみ》エンマは羅仙《らせん》の背後《はいご》にすばやく回《まわ》り込《こ》み、

「闇縛《やみしば》り！！！」

と、黒《くろ》い稲妻《いなずま》を糸《いと》のように、縦横無尽《じゅうおうむじん》に羅仙《らせん》の体《からだ》に巻《ま》きつけて、あっという間《ま》に縛《しば》りあげてしまった。

「なんだとっ！」

羅仙《らせん》は、もがくが、まるで動《うご》けない。

「今《いま》だ！」

闇《やみ》エンマは不動明王《ふどうみょうおう》に言《い》った。不動明王《ふどうみょうおう》が、ゆっくりとフドウ雷鳴剣《らいめいけん》を構《かま》える。

「ふふ……無駄《むだ》なことを。何度《なんど》斬《き》られても、私《わたし》の体《からだ》は再融合《さいゆうごう》するぞ」

「そうかしら！」

ウィスパーに上空《じょうくう》まで運《はこ》んでもらったナツメが、羅仙《らせん》の目《め》の前《まえ》で言《い》い放《はな》った。

「なに⁉」

羅仙《らせん》がナツメをにらみつける。ウィスパーは、ナツメが手《て》にしている妖怪《ようかい》パッドを覗《のぞ》きこんで言《い》った。

「妖怪《ようかい》ウォッチ・エルダは、妖怪《ようかい》SNS《エスエヌエス》機能《きのう》で、全国《ぜんこく》の妖怪《ようかい》に一度《いちど》に連絡《れんらく》することができますよ‼」

「全国《ぜんこく》の妖怪《ようかい》の皆《みな》さ――ん！　私《わたし》に力《ちから》を貸《か》してください！」

そう言《い》って、ナツメは妖怪《ようかい》パッドの『メッセージ送信《そうしん》ボタン』を押《お》した。すると、エルダから光《ひかり》が生《う》まれ、のろしのように天《てん》へと伸《の》びていく。

しばし、上空《じょうくう》に沈黙《ちんもく》が流《なが》れた。

すると、ひとつの光《ひかり》がエルダに向《む》かって飛《と》んできた。そして、次々《つぎつぎ》と、何万《なんまん》という妖怪《ようかい》たちの妖気《ようき》、その思《おも》いが光《ひかり》となってエルダのもとに集《あつ》まる。光《ひかり》はひとつのエネルギーになって、エルダの中《なか》へと戻《もど》っていった。

「はぁあああああっ！」

ナツメは、エルダを不動明王《ふどうみょうおう》の方《ほう》へ突《つ》き出《だ》し、集《あつ》まった妖気《ようき》を妖怪《ようかい》ウォッチ・オーガへと送《おく》り込《こ》む！ 白《しろ》いウォッチから黒《くろ》いウォッチへ、陰陽《いんよう》のバランスがひとつになるように、全世界《ぜんせかい》から集《あつ》まった妖怪《ようかい》のエネルギーが、一筋《ひとすじ》のビームとなって、不動明王《ふどうみょうおう》の腕《うで》にある妖《よう》怪《かい》ウォッチ・オーガに送《おく》られた！

不動明王《ふどうみょうおう》は、そのエネルギーをフドウ雷鳴剣《らいめいけん》に伝《つた》えた。

雷《らい》・轟《ごう》・電《でん》・撃《げき》！

激《はげ》しく発光《はっこう》する剣《けん》を天《てん》に向《む》ける。すさまじい勢《いきお》いで周囲《しゅうい》に竜巻《たつまき》が発生《はっせい》し雷《かみなり》のパワーを剣《けん》が帯《お》びる。すべてを巻《ま》きこむように、不動明王《ふどうみょうおう》は羅仙《らせん》に突進《とっしん》していった。そして、上空《じょうくう》に勢《いきお》いよく舞《ま》い上《あ》がるとその巨体《きょたい》めがけて一気《いっき》に剣《けん》を振《ふ》り下《お》ろす！

「雷鳴鉄槌斬《らいめいてっついぎ》り！ うぉおおお！」

「ぐあああ！」

地響《じひび》きのような悲鳴《ひめい》とともに、羅仙《らせん》の体《からだ》が砕《くだ》け散《ち》った！

「やったー！」

「やったでうぃっす！」

アキノリはガッツポーズし、ナツメとウィスパーは手《て》を取《と》り合《あ》って喜《よろこ》んだ。エンマ大王《だいおう》とカイラも無事《ぶじ》に分離《ぶんり》し、笑《え》みを浮《う》かべる。不動明王《ふどうみょうおう》は、神妙《しんみょう》な面持《おもも》ちで羅仙《らせん》の最期《さいご》を見《み》届《とど》けると、すーっと光《ひかり》に溶《と》け込《こ》むように消《き》え、元《もと》の小《ちい》さなトウマの体《からだ》に戻《もど》った。

トウマの背後《はいご》に、羅仙《らせん》の頭部《とうぶ》が、ドーンと崩《くず》れ落《お》ちてくる……。

……　……　……　ところが……。

羅仙《らせん》の目玉《めだま》が、ギロリとトウマの背中《せなか》を捕《と》らえた。その口元《くちもと》にニヤリとイヤな笑《え》みが浮《う》かぶ……。

羅仙《らせん》は、眉間《みけん》から赤《あか》い針《はり》を撃《う》ち出《だ》してトウマの肩《かた》を貫《つらぬ》いた。

「ぐあっ！」

血《ち》が飛《と》び散《ち》り、悲鳴《ひめい》が響《ひび》く。

「！！！」

一瞬《いっしゅん》、ナツメは時《とき》が止《と》まってしまったような気《き》がした。その中《なか》で、羅仙《らせん》の口元《くちもと》だけがニヤリと動《うご》いた。羅仙《らせん》の頭《あたま》は、ゴロゴロと転《ころ》がり、今度《こんど》はナツメに照準《しょうじゅん》を合《あ》わせた。

「そ、そうは……さ……させないっ！」

トウマは、針《はり》が肩《かた》に刺《さ》さったまま、なんとか立《た》ち上《あ》がると手《て》にしていた雷鳴剣《らいめいけん》を構《かま》えた。剣《けん》の重《おも》みでトウマの傷口《きずぐち》から血《ち》が結晶《けっしょう》のようにキラキラと光《ひか》って流《なが》れ落《お》ちている。

「うぐっ……」

崩《くず》れ落《お》ちそうになりながらも、トウマは言《い》った。

「それでも……それでも、僕《ぼく》が！　みんなを守《まも》るんだ――っ！」

最後《さいご》の力《ちから》を振《ふ》り絞《しぼ》って羅仙《らせん》の頭《あたま》に向《む》かって突進《とっしん》する。

「うぉおおお！」

羅仙《らせん》の眉間《みけん》にぐっと剣《けん》を深《ふか》くめり込《こ》ませる！

「ぐあああっ！」

眉間《みけん》から羅仙《らせん》の頭部《とうぶ》全体《ぜんたい》に細《こま》かいひびが走《はし》り、砕《くだ》け散《ち》った……しかし、その衝撃《しょうげき》で、トウマも吹《ふ》き飛《と》ばされ、地面《じめん》にゆっくりと落下《らっか》していった――。


「トウマ君《くん》！」

「トウマ！」

ナツメとアキノリの声《こえ》に、トウマは少《すこ》しだけ反応《はんのう》した。

「うっ……ナツメさん……」

ナツメはぎゅっとトウマの手《て》を握《にぎ》った。

「これで……少《すこ》しくらいは……罪《つみ》を償《つぐな》えたかな……？」

ナツメは目《め》に涙《なみだ》をためてトウマに懸命《けんめい》に話《はな》しかけた。

「死《し》んじゃダメ、ダメだって！」

トウマは力《ちから》なくほほ笑《え》む。

「ごめん……無理《むり》みたい……」

「バカ野郎《やろう》！　あきらめんなって！」

アキノリの声《こえ》に、トウマは最後《さいご》の力《ちから》を振《ふ》り絞《しぼ》ってふたりを見《み》つめた。

「ナツメさん、アキノリ君《くん》……こんな僕《ぼく》と……友達《ともだち》になってくれて……ありがとう……」

薄《うす》れていく意識《いしき》の中《なか》で、ふたりとのキラキラした時間《じかん》を思《おも》い出《だ》していた。

ほんの少《すこ》しの間《あいだ》だったけど、僕《ぼく》を信《しん》じてくれた仲間《なかま》、励《はげ》ましあってここまで一緒《いっしょ》に来《き》た僕《ぼく》の大切《たいせつ》な仲間《なかま》……僕《ぼく》を友達《ともだち》だと言《い》ってくれたアキノリ君《くん》、そして、僕《ぼく》の心《こころ》の闇《やみ》を拭《ぬぐ》い去《さ》ってくれたナツメさん……僕《ぼく》は守《まも》ることができたんだよね。大切《たいせつ》な僕《ぼく》の友達《ともだち》を、守《まも》れたんだよね……

「やだ……やだ……」

ナツメは涙《なみだ》を流《なが》し、トウマの手《て》をぎゅっと握《にぎ》っている。温《あたた》かい涙《なみだ》がとめどなくあふれ、トウマの手《て》をつたっていく。

ダメだよ、ナツメさん、そんな悲《かな》しい顔《かお》しないで。僕《ぼく》は、幸《しあわ》せだよ。みんなが生《い》きていてくれて……

その手《て》から不意《ふい》に力《ちから》が抜《ぬ》けた。そして、トウマは穏《おだ》やかに眠《ねむ》るように目《め》を閉《と》じた。

「トウマ!!」

「トウマぁああ、うぁあああ!」

ナツメとアキノリは、叫《さけ》び声《ごえ》をあげて泣《な》いた。エンマ大王《だいおう》やカイラたちも、そばに立《た》ち尽《つ》くす……

そのとき、ビルの隙間《すきま》に隠《かく》れていたオグ・トグ・モグの鬼《おに》まろ3匹《びき》がトウマのもとに飛《と》んできた。トグが言《い》う。

「死《し》ぬな、トウマ。オレたちの命《いのち》をやるから!」

そして、オグとモグも続《つづ》いた。

「いつか、また遊《あそ》ぼうぜ」

「いえーい、トウマ、いえーいっ!」

鬼《おに》まろたちは、なぜかトウマのために何《なに》かをしたいと思《おも》い、自然《しぜん》と体《からだ》が動《うご》いたのだった。

そして、まるで遊《あそ》ぶように、でも、少《すこ》し寂《さび》しそうに跳《は》ねながらトウマの傷口《きずぐち》へ飛《と》び込《こ》んだ。

傷口《きずぐち》に突《つ》き刺《さ》さる羅仙《らせん》の針《はり》と溶《と》け合《あ》うように、3匹《びき》は光《ひかり》になる……すると、トウマの傷口《きずぐち》がキラキラと輝《かがや》きながら塞《ふさ》がっていく。

「え……これ……」

ナツメは、目《め》の前《まえ》の光景《こうけい》に驚《おどろ》いて目《め》を見開《みひら》いた。

（これって……奇跡《きせき》……？）

すると、トウマがゆっくりと目《め》を開《ひら》いた。

「う…うう……ナツメ……さん」

「……!!　トウマ、よかった……」

ナツメは、嬉《うれ》し涙《なみだ》を流《なが》しながらトウマの手《て》を引《ひ》き寄《よ》せて握《にぎ》りしめた。アキノリも、ふたりの肩《かた》をぎゅっと抱《だ》く。

不意《ふい》に、ナツメの頬《ほお》を冷《つめ》たいものがかすめる。

「あ、雪《ゆき》……」

この奇跡《きせき》を祝福《しゅくふく》するように、真《ま》っ白《しろ》い雪《ゆき》がキラキラと空《そら》から舞《ま》い落《お》ちてきた。

29　闘《たたか》いを終《お》えて……

エンマ大王《だいおう》とぬらりひょん、そしてカイラは陸橋《りっきょう》の上《うえ》にいた。

カイラは、美《うつく》しい雪《ゆき》を眺《なが》めて、ぽつりと言《い》った。

「エンマ、すまなかった。妖魔界《ようまかい》はお前《まえ》に返《かえ》そう」

「ふふ。いや、妖魔界《ようまかい》はこのままお前《まえ》がまとめていけ。お前《まえ》が正式《せいしき》な妖魔界《ようまかい》の王《おう》だ」

カイラもぬらりひょんも驚《おどろ》いてエンマ大王《だいおう》を見《み》た。

「俺《おれ》にはやることができた。そのやるべきことが終《お》わったとき、お前《まえ》がダメな王《おう》なら、大《だい》王《おう》の座《ざ》を奪《うば》い返《かえ》すまでだ」

「エンマ……」

「大王様《だいおうさま》のやるべきこと、このぬらりもついていきます」

「そうか。わかった。ついてくるがいい。少《すこ》し長旅《ながたび》になるがな」

「御意《ぎょい》」

「じゃあ頼《たの》んだぞ、カイラ」

「ああ、わかった」

エンマ大王《だいおう》とカイラはほほ笑《え》みあった。

エンマ大王《だいおう》はぬらりひょんを連《つ》れ、空《そら》へと飛《と》び立《た》っていった。カイラはその背中《せなか》に誓《ちか》う。

「お前《まえ》が帰《かえ》ってくるまで妖魔界《ようまかい》は私《わたし》が守《まも》る！」


一方《いっぽう》、ジバニャン、コマさん、ミッチーは、港《みなと》でロマンチックな夜景《やけい》と雪《ゆき》を楽《たの》しんでいるところだ。

「これからどうするかニャー」

「まあ、適当《てきとう》にやるさ。縄張《なわば》りを広《ひろ》げていく旅《たび》でもするかの」

コマさんはやる気《き》なさそうに首《くび》をかいた。

「おしっこをかけまくる旅《たび》だニャ」

「むふふふ……」

ミッチーは、そんな妖怪《ようかい》たちに向《む》かってはりきってポーズを決《き》めた。

「私《わたし》はこれからもナツメさんを守《まも》っていくつもりだ！」

「お前《まえ》は、弱《よわ》すぎだから無理《むり》ニャン」

「な！　そこまで弱《よわ》くはないでしょう」

「過去《かこ》に見《み》た妖怪《ようかい》でも最弱《さいじゃく》クラスニャン」

「いや弱《よわ》くない！」

「弱《よわ》いニャン！」

「弱《よわ》くない！」

「弱《よわ》いニャン！」

ふたりのやり取《と》りは、いつまでもいつまでも続《つづ》くのだった。


——数週間後《すうしゅうかんご》のクリスマス。

さくら元町《もとまち》はすっかり平穏《へいおん》を取《と》り戻《もど》していた。トウマは、ヒルズパークにあるクリスマスツリーの前《まえ》で両親《りょうしん》と待《ま》ち合《あ》わせをして、クリスマスディナーに出《で》かけた。その腕《うで》に妖怪《ようかい》ウォッチ・オーガをしっかりとつけて……。

アキノリは、クリスマスでも関係《かんけい》なくおばばと一緒《いっしょ》に予言宝珠《よげんほうじゅ》に見入《みい》っている。

そして、ナツメの家《いえ》、天野家《あまのけ》では母《はは》がクリスマスのご馳走《ちそう》とケーキを用意《ようい》し、ナツメとケースケが食卓《しょくたく》についたところだ。そこに、父《ちち》の天野《あまの》ケータが帰宅《きたく》した。これから楽《たの》しいディナーの始《はじ》まりだ。ナツメの腕《うで》で、妖怪《ようかい》ウォッチ・エルダがきらめいた。

天野家《あまのけ》の屋根《やね》の上《うえ》では、ジバニャンが寝転《ねころ》がり、ウィスパーがその周《まわ》りをうろうろ飛《と》んでいた。

——さらに、数《すう》か月後《げつご》。

アキノリから呼《よ》び出《だ》され、ナツメとトウマは有星家《ありほしけ》の神社《じんじゃ》の横《よこ》に建《た》つアキノリの部屋《へや》に集《あつ》まっていた。

アキノリのＰＣ《ピーシー》、とあるＳＮＳ《エスエヌエス》の掲示板《けいじばん》に、この町《まち》で起《お》こっている不思議《ふしぎ》な事件《じけん》のことが書《か》き込《こ》まれている。アキノリは、ナツメとトウマに言《い》った。

「町《まち》にはこれだけ怪奇事件《かいきじけん》の報告《ほうこく》があるんだ。それを妖怪《ようかい》ウォッチで解決《かいけつ》するんだ！」

「なんで私《わたし》たちが？」

「この中《なか》には、怖《こわ》くて外《そと》に出《で》られない人《ひと》だっている。これは人助《ひとだす》けでもあるんだ。俺《おれ》たちが手《て》を組《く》めば解決《かいけつ》できる！　やるしかないだろ！」

「……」

ナツメはちらりと横《よこ》を見《み》て確《たし》かめるように言《い》った。

「ところでさ、この私《わたし》の隣《となり》にいるやつも、怪事件《かいじけん》ってことでいいですか……」

ナツメの隣《となり》にいる妖怪《ようかい》は、うんうんと頷《うなず》きながらナツメの話《はなし》を聞《き》いている。

アキノリとトウマが顔《かお》を見合《みあ》わせる。

「あぁ！」

「うぃっす⁉」

ウィスパーはすっとんきょうな声《こえ》をあげた。

×　×　×

そのころ、妖魔界《ようまかい》のとある城《しろ》で、ふたりの恐《おそ》ろしい魔人《まじん》が話《はなし》をしていた。

「羅仙《らせん》が倒《たお》されました」

「ふっ。せっかく300年《ねん》も、フライングさせてやったのに……」

「年寄《としよ》りの力《ちから》など、あの程度《ていど》でしょう」

「でも、あれだけ派手《はで》に暴《あば》れてくれれば、『姫《ひめ》』が顔《かお》を見《み》せてくれると思《おも》ったんだけどな……」

×　×　×

新《あら》たな邪悪《じゃあく》なるものの予感《よかん》がした——。

《おわり》

★小学館ジュニア文庫★ ワクワク、ドキドキがいっぱいのラインナップ

〈話題の映画&アニメノベライズシリーズ〉

アイドル×戦士 ミラクルちゅーんず！
あさひなぐ
兄に愛されすぎて困ってます
一礼して、キス
海街diary
映画くまのがっこう パティシエ・ジャッキーとおひさまのスイーツ
映画プリパラ み～んなのあこがれ♪ レッツゴー☆プリパリ
映画妖怪ウォッチ 空飛ぶクジラとダブル世界の大冒険だニャン！
映画妖怪ウォッチ シャドウサイド 鬼王の復活

おまかせ！みらくるキャット団 ～マミタス、みらくるするのナ～！

怪盗グルーのミニオン大脱走

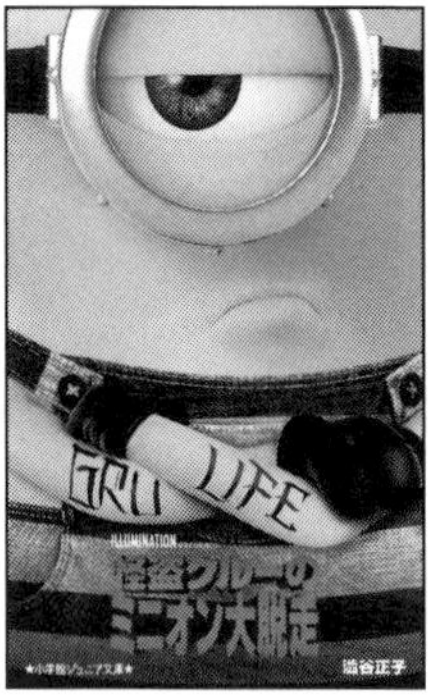

怪盗ジョーカー 開幕！ 怪盗ダーツの挑戦!!
怪盗ジョーカー 追憶のダイヤモンド・メモリー
怪盗ジョーカー 闇夜の対決！ ジョーカーVSシャドウ
怪盗ジョーカー 銀のマントが燃える夜
怪盗ジョーカー ハチの記憶を取り戻せ！
怪盗ジョーカー 解決！ 世界怪盗ゲームへようこそ!!
境界のRINNE 謎のクラスメート
境界のRINNE 友だちからで良ければ
境界のRINNE ようこそ地獄へ！
くちびるに歌を
劇場版アイカツ！
劇場版ポケットモンスター キミにきめた！

心が叫びたがってるんだ。

貞子VS伽椰子
真田十勇士
ザ・マミー 呪われた砂漠の王女
SING シング
シンドバッド 空とぶ姫と秘密の島
シンドバッド 真昼の夜とふしぎの門
呪怨―ザ・ファイナル―
呪怨―終わりの始まり―

次はどれにする？ おもしろくて楽しい新刊が、続々登場!!

スナックワールド

8年越しの花嫁 奇跡の実話

未成年だけどコドモじゃない

トムとジェリー シャーロック ホームズ
NASA超常ファイル ～地球外生命からの挑戦状～

二度めの夏、二度と会えない君
バットマンVSスーパーマン エピソード0 クロスファイヤー
ペット
ポケモン・ザ・ムービーXY 破壊の繭とディアンシー
ポケモン・ザ・ムービーXY 光輪の超魔神フーパ
ポケモン・ザ・ムービーXY&Z ボルケニオンと機巧のマギアナ
ポッピンQ
まじっく快斗1412 全6巻
ミニオンズ

〈この人の人生に感動！人物伝〉

井伊直虎 ～民を守った女城主～
西郷隆盛 敗者のために戦った英雄

杉原千畝
ルイ・ブライユ 暗闇に光を灯した十五歳の点字発明者

Shogakukan Junior Bunko

★小学館ジュニア文庫★

映画　妖怪ウォッチ

シャドウサイド　鬼王の復活

2017年12月23日　初版第1刷発行

著者／松井香奈
製作総指揮／原案・脚本／日野晃博
原作／レベルファイブ
監修／レベルファイブ・妖怪ウォッチ製作委員会

発行人／立川義剛
編集人／吉田憲生
編集／山口久美子

発行所／株式会社　小学館
〒101-8001　東京都千代田区一ツ橋2－3－1
電話　編集　03-3230-5105
販売　03-5281-3555

印刷・製本／中央精版印刷株式会社

デザイン／水木麻子

Printed in Japan　ISBN 978-4-09-231207-4